Un peu sorcière

Emma Goldrick

HARLEQUIN

Cet ouvrage a été publié en langue anglaise sous le titre :

THE OVER MOUTAIN MAN

53, avenue Victor-Hugo, Paris XVIe - Tél. 45.00.65.00
ISBN 2-280-00395-3
ISSN 0182-3531

1

Katie eut un soupir de soulagement en apercevant un panneau routier. Enfin, elle allait pouvoir s'orienter...

Elle freina, se gara sur le bas-côté et, après avoir coupé le moteur de sa petite Volkswagen rouge, elle déchiffra le panneau. *Spivey Gap, altitude : 1 127 m.*

— Spivey Gap ? marmonna-t-elle. Jamais entendu parler...

Elle sortit de voiture et s'étira tout en massant sa nuque douloureuse. Il était un peu plus de cinq heures du matin et l'aube commençait à blanchir le ciel.

— Je suis morte ! murmura-t-elle. Jamais je n'aurais dû partir la nuit. Surtout sur cette route de montagne...

Surtout sans connaître l'itinéraire ! Qui lui avait donc parlé de ce raccourci entre la Caroline du Nord et l'Ohio ?

— Eubie Fairfield, bien sûr ! s'exclama-t-elle. Ah, quel idiot ! Et moi qui lui ai fait confiance... Je sais pourtant qu'un joueur de base-ball n'a pas plus de tête qu'un moineau.

Heureusement, elle n'était pas pressée. Pour aller assister au mariage de sa sœur Marion, elle était partie avec sept bonnes semaines d'avance. Mais n'avait-elle pas le droit de s'accorder des vacances !

— Drôles de vacances, grommela-t-elle. Me voilà maintenant perdue dans le massif des Appalaches !

Soudain, elle éclata de rire. Au fond, la situation était plutôt cocasse !

— Je n'ai pas très chaud, fit-elle encore à voix haute.

Elle ouvrit la portière de sa voiture. Des sacs contenant ses appareils-photos s'entassaient sur la banquette arrière. Sous l'un d'eux, elle découvrit un chandail qu'elle enfila aussitôt. Un sourire détendait toujours son visage mobile, très bronzé. A deux mains, elle rejeta ses cheveux en arrière.

— Pourquoi ai-je écouté Eubie Fairfield ? se lamenta-t-elle. Sur un terrain de base-ball, il est à l'aise. Mais pour donner des conseils d'orientation...

Elle était sortie avec lui assez régulièrement au cours de ces deux derniers mois. Il était sympathique, toujours prêt à rire et à plaisanter. Et quelle armoire à glace... ! Mais à part son physique de sportif, il n'avait pas grand-chose d'autre à offrir, et Katie, qui au début croyait avoir trouvé l'homme de sa vie, avait vite déchanté.

Eubie ne comprenait pas ses réticences. Avant de prendre le car qui l'emmenait avec son équipe pour une tournée à travers la Caroline du Nord, il avait tenu à faire le point :

— Je reviendrai dans quinze jours, mon chou. Et alors, fini ton numéro de petite oie blanche. Nous passerons aux choses sérieuses.

On n'aurait pas pu être plus clair... Katie s'était sentie menacée. Eubie Fairfield n'était pas un homme patient, et quand il voulait quelque chose, il cherchait à l'obtenir par tous les moyens.

Il n'avait pas fallu longtemps à Katie pour prendre sa décision. En moins de vingt-quatre heures, elle avait donné sa démission à *World Wide Photos*, fait ses bagages et pris la route.

Depuis longtemps, elle y songeait. Eubie et son ultimatum avaient représenté la goutte d'eau qui fait déborder le vase.

Tout d'abord, elle s'ennuyait des siens. Et le mariage de sa sœur représentait l'occasion rêvée pour retrouver la chaude ambiance familiale.

Par ailleurs, son travail lui semblait de plus en plus difficile. Comme il fallait lutter pour se faire une place au soleil ! Surtout dans le domaine qu'elle avait choisi et qui attirait surtout les hommes. *Photographe sportif !* Elle était la seule femme à pouvoir se targuer de ce titre dans toute la Caroline du Nord. Ses confrères étaient exclusivement des hommes.

Elle se trouvait donc à une croisée de chemins, tant au point de vue professionnel qu'au point de vue sentimental.

— Et maintenant, me voilà perdue pour de bon ! fit-elle en haussant les épaules. Mais je ne vais pas m'éterniser à Spivey Gap. Continuons...

Elle reprit la route et, quelques kilomètres plus loin, passa un col. Le ciel était devenu gris pâle et un épais brouillard pesait sur la vallée en contrebas. L'étroit ruban foncé de la route serpentait à flanc de coteau avant de s'enfoncer dans la brume. Katie avait l'étrange impression de se trouver en avion et de planer au-dessus d'une mer moutonneuse de nuages.

— De toute façon, je n'ai pas le choix ! soupira-t-elle en pénétrant dans le brouillard.

On n'y voyait pas à trois mètres. Penchée en avant, le nez collé au pare-brise, Katie s'efforçait de ne pas perdre de vue la bande blanche qui délimitait le bord de la route.

Une petite lumière rouge s'alluma sur le tableau de bord. Elle clignotait sans arrêt et Katie fronça les sourcils.

— Qu'est-ce que c'est ?

Elle haussa les épaules.

— Tant pis ! Il faut bien que je continue...

La lumière rouge devint fixe, puis des bruits inquiétants se firent entendre. Le moteur renâclait bruyamment... Soudain il s'arrêta dans un hoquet. Katie serra le frein à main, coupa le contact et tenta de remettre le moteur en marche. Sans résultat... Du poing, elle martela son volant.

— Oh ! Non ! s'exclama-t-elle. Pourquoi faut-il que cela m'arrive à moi ? C'est trop injuste ! Que vais-je faire maintenant ?

Elle tenta de percer le brouillard, mais il paraissait plus épais que jamais.

— Suis-je sotte ! Je n'ai qu'à me laisser descendre ! J'ai passé le col, maintenant la voiture glissera toute seule jusqu'en bas.

Elle ôta le frein à main, et la petite Volkswagen repartit silencieusement. Un peu plus bas, elle aperçut deux halos lumineux, trop éloignés l'un de l'autre pour être des phares.

— Une maison, peut-être ? fit-elle, déjà pleine d'espoir.

Deux globes électriques surmontaient les piliers de pierre donnant accès à un pont. Sur un petit parking étaient garées deux voitures — dont une Mercedes noire. Katie rangea sa Volkswagen entre les deux véhicules et, sans hésiter, se dirigea vers le pont. Au loin, dans le brouillard, elle distingua une autre lumière. Oui, c'était bien une maison !

Elle traversa une allée et gravit les quelques marches du perron. Le heurtoir en cuivre représentait une tête de lion. Elle souleva le marteau et frappa plusieurs coups. Presque immédiatement, la porte s'ouvrit. Un homme de haute taille se tenait sur le seuil.

— Entrez !

Il était à contre-jour et elle ne pouvait pas distinguer ses traits.

— Entrez donc ! répéta-t-il avec impatience.

Il avait une voix de basse, et Katie, qui adorait l'opéra, savait que l'on donnait toujours le beau rôle au ténor et le mauvais à la basse...

— Mais entrez ! insista-t-il. Voici des heures que nous vous attendons !

— Vous m'attendez ! Mais...

— Je pensais que vous seriez là avant minuit ! Et c'est à sept heures du matin que vous arrivez ? Ce n'est pas très sérieux, tout cela !

Suffoquée, Kate ne savait plus que dire.

— Je suis partie à neuf heures du soir ! déclara-t-elle enfin. Et j'ai conduit aussi vite que j'ai pu.

Elle fronça les sourcils.

— Vous m'attendiez ? redit-elle. Vraiment ? Mais ce n'est pas possible, voyons ! Je...

L'homme la prit par le bras et l'entraîna dans le hall. Elle eut le temps d'apercevoir un monumental escalier en acajou.

— J'ai appelé l'agence je ne sais combien de fois ! fit l'inconnu. On avait promis de m'envoyer quelqu'un le plus tôt possible et...

— Et je suis là ! coupa-t-elle. Mais...

Ce fut à son tour de l'interrompre.

— Ne perdons pas de temps en discussions. Pour l'amour de Dieu, agissez !

Il ouvrit une porte. Au milieu de la pièce un bébé d'environ dix-huit mois hurlait de toute la force de ses moumons.

— Faites-le enfin faire !

— Mais...

— Il a pleuré toute la nuit. Vous êtes une femme, vous devriez trouver le moyen de le calmer ! Une femme normale sait comment s'occuper des enfants !

— Une femme normale ? releva-t-elle d'une voix mal assurée.

« Seigneur ! songea-t-elle. Je suis tombée dans une maison de fous ! »

— C'est moi qui ne suis pas une femme normale, selon lui, lança une voix suprêmement ennuyée.

Katie pivota sur elle-même. Une jeune femme venait de les rejoindre. Une jolie blonde, déjà maquillée en dépit de l'heure matinale, seulement vêtu d'un déshabillé de dentelle.

« Le méchant, la belle héroïne et l'enfant, se dit Katie. Quel est mon rôle dans tout cela ? »

La jeune femme s'étira.

— Si j'avais su, je ne serais pas venue ! déclara-t-elle. Je suis actrice, mon cher Harry. Pas bonne d'enfants !

Le dénommé Harry leva les bras au ciel, tandis que le bébé s'égosillait plus fort que jamais.

— Et moi, si j'avais su, jamais je n'aurais accepté de garder ce bébé. Mais ma sœur ne m'a pas laissé le choix ! Elle me l'a mis dans les bras avant de partir à la poursuite de son *play-boy* de mari...

Il secoua la tête et, d'un ton sévère, déclara :

— John pleure toujours, Miss... comment ?

— Russel. Katie Russel.

— Eh bien, faites quelque chose, Miss Russel ! Vite !

— Oui, vite, fit-elle en écho.

Elle prit l'enfant dans ses bras.

— Allons, petit John... Allons... murmura-t-elle très doucement.

Elle caressa ses cheveux moites, son visage rouge tout sillonné de larmes.

— Pauvre petit John...

Elle essaya de se souvenir des chansons que sa mère chantait lorsque ses neveux avaient du mal à s'endormir. Les paroles ne lui revenaient pas en mémoire, en revanche elle retrouvait les airs qu'elle fredonna. Petit à petit, le bébé se détendit. Bientôt il cessa de pleurer. Sa tête blonde tomba sur l'épaule de Katie. Il dormait...

— Je l'avais bien dit ! triompha Harry. Une femme normale sait s'occuper des enfants ! Vous voyez bien Eloïse !

Cette dernière haussa les épaules.

— Pfff ! Sur quel ton faut-il vous dire que je n'ai pas de vocation maternelle pour que vous le compreniez enfin ?

Elle sourit.

— Mais le problème est enfin résolu. Vous avez quelqu'un capable de veiller sur votre neveu.

Elle se tourna vers Katie !

— Savez-vous aussi cuisiner ? J'aimerais bien avoir un repas convenable et...

— Vous pouvez au moins préparer votre petit déjeuner ! coupa Harry.

— Fait-elle la cuisine ou non ? Miss Russel...

Katie l'interrompit.

— Il faut changer John. Où sont ses affaires ?

— Je n'en sais rien ! s'exclama Harry.

Pour la première fois, elle le vit à la lumière. Il était grand — très grand — et infiniment séduidant, avec son visage bien dessiné encadré de cheveux dorés.

« On dirait qu'il ne s'est pas coiffé depuis au moins quinze jours ! songea Katie. Je ne me trompais pas au début en pensant que j'étais tombée dans une maison de fous. »

Harry devait cependant avoir beaucoup de succès auprès des femmes. Qui demeurerait insensible à son front haut, à son nez légèrement aquilin, à sa mâchoire volontaire et à ses yeux d'un bleu intense ?

Katie avala sa salive.

— Sa mère n'a rien laissé ? Une valise ?

— Mais si ! Voyez ce sac, sous la table.

La jeune fille l'ouvrit et y trouva tout ce qu'il fallait pour changer le bébé. Quelques minutes plus tard, le petit John, toujours profondément endormi, était revêtu d'une nouvelle couche-culotte et d'un pyjama propre.

— Vous êtes très adroite ! s'extasia Harry.

— J'ai trois nièces et deux neveux, cela donne vite de l'expérience, croyez-moi.

Elle fronça les sourcils en contemplant l'enfant.

— Pourquoi pleurait-il ainsi ? Quand lui avez-vous donné à manger la dernière fois ?

— Euh... Il a dîné avec nous hier soir.

— Quoi ? Et que lui avez-vous donné ?

— Je n'ai pas fait très attention. Il a dû avoir un steak comme tout le monde, avec de la salade et des frites...

Katie secoua la tête.

— Il a mangé tout cela ?

— Je n'en sais rien, avoua-t-il.

— Bravo ! Où est la cuisine ?

— Ah ! Vous allez préparer le petit déjeuner ! s'écria Eloïse. Quelle bonne idée.

— Je prépare seulement le repas de John ! rétorqua-t-elle.

Et, tenant à mettre immédiatement les choses au point, elle ajouta :

— Si je cuisine, c'est pour les enfants. Ou bien pour les personnes ayant dépassé soixante ans.

— Dans ce cas, il faut que vous songiez à ma tante Grace, lui dit Harry. C'est elle qui s'occupe d'habitude de tous les problèmes ménagers, mais elle a dû se mettre au lit. Son arthrite...

— Le temps humide, vraisemblablement, fit Katie.

— Oui. Elle a soixante-douze ans. Par conséquent, cela lui donne droit à un petit déjeuner. Je vous préviens : elle adore les œufs brouillés au bacon. Moi aussi, d'ailleurs... Vous ne pensez pas que...

Katie lui coupa la parole.

— Mon malheur, voyez-vous, c'est que je ne pense jamais assez. Si je réfléchissais cinq minutes avant d'entreprendre quoi que ce soit, je ne me trouverais pas dans des situations impossibles...

Elle haussa les épaules.

— Si vous me disiez qui vous êtes ? Et aussi pourquoi Eloïse ne peut pas se faire cuire un œuf toute seule ?

— Je m'appelle Harry King. John est mon neveu, le fils de ma sœur Amanda. Tante Grace mène d'ordinaire cette maison avec beaucoup de compétence, mais la voilà clouée au lit. C'est pourquoi tout va à vau-l'eau en ce moment.

Il soupira.

— Quant à Eloïse, reprit-il après une brève pause, c'est mon... mon invitée. Vous avez déjà dû la voir à la télévision : Eloïse Norris ?

Tout en discutant, ils étaient arrivés dans la cuisine. Katie avait toujours John dans les bras. Eloïse, qui les avait suivis, s'écria :

— Qu'avez-vous besoin de donner mon *curriculum vitae* à la bonne d'enfants ! Mettez-la vite au travail : je meurs de faim.

Katie lui tendit le bébé et dit d'un ton sarcastique :

— Si vous voulez que je fasse quelque chose, occupez-vous de John.

— Moi ? Jamais de la vie. Posez-le par terre. Ou bien dans sa chambre...

— Je vais le prendre, décida Harry.

— C'est cela ! approuva Katie. Rendez-vous donc utile.

Elle ouvrit les placards et le réfrigérateur mais n'y trouva aucun petit pot pour bébé.

« Tant pis, il mangera des œufs brouillés, lui aussi. Pourquoi pas ? »

Elle avait maintenant de la peine à garder les yeux

ouverts. Après avoir conduit toute la nuit, elle était épuisée.

« Je n'en peux plus ! songea-t-elle. Mais j'ai entrepris une tâche, il faut que j'aille jusqu'au bout. Ce pauvre enfant doit manger. J'irai ensuite voir la tante Grace... Et ma voiture, dans tout cela ? »

Elle secoua la tête d'un air désolé. Elle avait eu tant à faire au cours de ces dernières minutes qu'elle avait oublié ses propres problèmes.

— Avez-vous une chaise de bébé ? demanda-t-elle à Harry.

— Non, mais je peux trouver une solution.

Après avoir rendu l'enfant à sa nurse improvisée, il disparut. Eloïse partit de son côté.

— Ouf ! fit Katie à voix haute. Ces deux-là commençaient à m'agacer.

Elle regarda l'enfant qui dormait paisiblement. Il lui rappelait vaguement quelqu'un. Mais qui ?

Après avoir calé le petit John sur sa hanche, elle se mit en devoir de préparer des œufs brouillés. Le bébé ouvrit les yeux et gazouilla, tout en suivant chacun des mouvements de la jeune fille avec intérêt.

— Que pensez-vous de cela ? demanda Harry.

Il était revenu dans la cuisine sans qu'elle l'entende. Très habilement, il avait fixé un siège de voiture d'enfant sur un haut tabouret de bar. Katie vérifia les courroies et hocha la tête.

— Cela semble très solide. Bravo ! Où avez-vous trouvé cette idée ? Dans un journal ?

— Dans un journal ! répéta-t-il, choqué. Je ne copie pas les idées des autres, figurez-vous !

Et, avec fierté, il annonça :

— Je suis un inventeur.

— C'est votre métiez ? s'étonna-t-elle.

— Exactement.

Il s'empressa de changer de sujet de conversation.

— Vous êtes bien bronzée, Katie. Vous revenez des Caraïbes ?

— Il y a longtemps que je n'ai pas pris de vacances, hélas ! rétorqua-t-elle. J'ai dû me contenter de quelques séances sous la lampe à bronzer... Je suis de cette couleur des pieds à la tête.

— C'est vrai ? J'ai besoin de voir pour y croire.

Katie leva les yeux au ciel.

« Seigneur ! songea-t-elle. En voilà une réflexion à faire... ! Mais je l'ai bien cherchée. »

Tout haut, elle lança :

— Il faut me croire sur parole. Désolée, je ne me donne pas en spectacle.

— Dommage !

Elle comprit qu'il se moquait d'elle. En haussant les épaules, elle mit les tranches de bacon à frire dans une poêle. Les œufs étaient déjà prêts et, quelques instants plus tard, elle put donner à John un bol d'œufs brouillés et un verre de lait.

— Vous allez le surveiller, dit-elle à Harry. A cet âge-là, ils adorent manger seuls mais ils ont tendance à en mettre plus par terre que dans leur bouche. Attention aussi quand il boira !

— Bien, mon général !

« Mais pourquoi se moque-t-il de moi ? se demanda-t-elle. Oh, comme je le trouve désagréable ! Il est arrogant, sûr de lui, agaçant au possible... »

— Et vous, que ferez-vous pendant que je m'occupe de John ? demanda-t-il.

— Je vais porter son petit déjeuner à la malade.

— Bonne idée ! Première porte à droite en haut.

Katie prépara un plateau et se dirigea vers le hall. Eloïse, installée au salon, feuilletait un exemplaire de *Cosmopolitan*.

— Ah ! Le petit déjeuner ! s'exclama-t-elle. Posez le plateau sur cette table basse, s'il vous plaît.

— Ce n'est pas pour vous mais pour tante Grace, rétorqua Katie.

Elle gravit l'escalier tapissé d'une épaisse moquette sans prendre la peine d'écouter les jérémiades d'Eloïse.

« Je suis complètement folle ! se dit-elle. Pourquoi faut-il que je m'agite comme une damnée dans cette maison ? Je n'avais qu'à leur expliquer ce qui s'était passé... Je ne suis pas venue ici pour m'occuper d'un bébé ou faire la cuisine ! Je cherche seulement un téléphone et un garagiste... »

Elle jeta un coup d'œil à la fenêtre. Le brouillard pesait toujours sur la vallée, noyant la maison d'une brume blanchâtre.

— Voyons... Première porte à droite...

Elle frappa.

— Entrez, fit une voix lasse.

Katie pénétra dans une vaste chambre décorée en blanc et or. Une femme aux cheveux gris était allongée dans le grand lit à baldaquin. Elle ferma son livre et examina Katie par-dessus ses lunettes cerclées d'or.

— Qui êtes-vous ? demanda-t-elle.

La jeune fille avait toujours eu un respect inné pour les personnes âgées.

— Je m'appelle Katie Russel, madame, répondit-elle. Je vous apporte votre petit déjeuner.

— Eh bien, donnez-le-moi donc. C'est vous qui l'avez préparé ?

— Oui, madame.

— Eloïse est-elle enfin partie ?

Katie déposa le plateau sur les genoux de la vieille dame.

— Non, répondit-elle. Elle est au salon... et elle attend que je lui prépare son repas.

Tante Grace avait saisi le sarcasme dans la voix de la jeune fille.

— Combien de temps devra-t-elle attendre ?

— Très longtemps, je crois. Pouvez-vous vous servir de votre fourchette ? Ma grand-mère est arthritique, elle aussi, et en période de crise elle a du mal à tenir ses couverts...

— Vous êtes charmante, mon petit. Ne vous inquiétez pas pour moi : je vais très bien ! Et je meurs de faim...

— M. King m'avait dit que vous aviez de l'arthrite...

— C'est ce que je lui ai raconté. J'ai préféré faire un pieux mensonge et me retirer dans ma chambre plutôt que de subir la compagnie de son Eloïse.

Elle secoua la tête.

— Cette femme veut qu'il l'épouse, il faut empêcher cela à tout prix...

Tout en parlant, elle dégustait ses œufs à petites bouchées.

— Excellent... Qu'y avez-vous ajouté pour leur donner ce petit goût ?

— Un peu de fromage râpé, madame. Et aussi une tomate hachée. Cela vous plaît ?

— Excellent, vous dis-je. Maintenant, dites-moi ce que vous faites ici. A première vue, vous êtes exactement le genre de femme qui conviendrait à Harry.

Elle tapota le bord du lit.

— Venez vous asseoir près de moi et parlez-moi de vous.

— Que puis-je dire ?

Elle obéit cependant et, sans très bien savoir comment elle avait commencé, poussée par les adroites questions de tante Grace, elle lui raconta toute sa vie...

— Alors ma voiture est tombée en panne un peu après le col, termina-t-elle. J'ai pu descendre en roue libre jusqu'ici. J'ai sonné à la porte, et Harry — M. King, je veux dire —, a cru que j'étais l'employée envoyée par l'agence pour m'occuper de John. Je n'ai pas encore eu le temps de le détromper !

— Tiens, tiens... fit seulement la vieille dame.

Elle hocha la tête d'un air songeur, tout en dégustant une tranche de bacon grillé.

— Levez-vous, mon petit, et allez jusqu'à la fenêtre... Bien ! Maintenant, pivotez sur vous-même.

Elle fronça les sourcils.

— Vous devriez prendre deux ou trois kilos. Cependant, vous êtes jolie et j'aime la couleur de vos cheveux... Ce blond est naturel ?

— Tout ce qu'il y a de plus naturel !

— Quels jolis yeux verts, aussi... Vous êtes grande mais Harry aussi. Quel beau couple vous formerez !

Katie commençait à se sentir comme une jument que l'on met aux enchères dans une foire aux bestiaux. Et cela ne lui plaisait guère...

— Je... je suis seulement de passage, déclara-t-elle. Dès que ma voiture sera réparée, je partirai.

— Cela peut demander longtemps ! En attendant, vous resterez ici.

On frappa à la porte. Sans attendre la réponse, Harry fit son entrée, une tasse de café à la main.

— C'est pour Katie, ce café ? lui demanda tante Grace.

Il parut surpris.

— Mais non... C'est pour moi, voyons.

— Donne-le à Katie et va en chercher un autre pour toi.

— Mais...

— Mon garçon, nous devons considérer Katie comme notre invitée jusqu'à ce que sa voiture soit réparée.

— Que racontes-tu là, tant Grace ? Katie a été envoyée par l'agence et...

La jeune fille lui coupa la parole.

— Et John ? Qu'en avez-vous fait ?

— Eloïse s'occupe de lui.

— Cela m'étonnerait qu'elle en soit capable ! lança tante Grace.

— Comment avez-vous pu le lui confier ? s'exclama Katie.

— Descendez vite, mon petit, fit la vieille dame. Et il faut que vous déjeuniez, vous aussi !

Elle hocha la tête.

— Katie... Quel joli prénom. Mon arrière-grand-mère s'appelait Katie, elle aussi. Le savais-tu, Harry ? Une femme de tête qui a eu six enfants... Où en étais-je ? Ah oui ! Descendez vite, Katie. Et moi je vais discuter sérieusement avec mon neveu.

Sans demander son reste, la jeune fille quitta la chambre.

« Je suis tombée dans une maison de fous ! se dit-elle pour la dixième fois peut-être. Ils n'arrêtent pas de parler et n'écoutent jamais... »

Elle crispa les poings. Sa lassitude était intense et si elle réussissait encore à tenir debout et à agir, c'était uniquement portée par ses nerfs.

2

Katie hâta le pas en entendant le bébé crier. Elle le trouva seul dans la cuisine, agrippé à l'un des pieds de la table.

Eloïse avait disparu. Tout comme le reste d'œufs brouillés et de bacon.

— Par exemple ! s'exclama la jeune fille, furieuse. Elle exagère !

Mais elle devait d'abord s'occuper de John. Elle lui tendit les bras et, de sa démarche encore mal assurée, il se dirigea vers elle.

Elle le prit dans ses bras.

— Tu aurais bien besoin d'un bain, toi ! murmura-t-elle.

Au point où elle en était, pourquoi ne pas s'en charger ? Il ne fallait pas compter sur Eloïse, Harry ou tante Grace pour y penser !

En traversant le hall, elle vit Eloïse attablée devant un solide petit déjeuner.

— N'oubliez pas de faire ma chambre ! cria la jeune femme.

— Comptez là-dessus, répliqua Katie avec ironie.

Elle ouvrit les portes au hasard, à la recherche d'une salle de bains. Elle en trouva une au deuxième étage et, tout de suite, fit couler l'eau dans la baignoire. Comprenant ce qui l'attendait, le petit John se mit à gazouiller joyeusement.

Katie le déshabilla puis, après avoir vérifié la température de l'eau, elle l'y plongea jusqu'au cou. Ravi, le bébé se mit à patauger.

Elle était en train de le sécher à l'aide d'une grande serviette éponge quand les deux portes s'ouvrirent en même temps.

Harry apparut sur le seuil de celle qui donnait dans le couloir.

— Ah, vous êtes ici ! s'exclama-t-il. Je vous cherchais partout !

Eloïse se tenait à l'autre porte. Celle-ci conduisait à une chambre évoquant les harems tels qu'on les imaginait au début du siècle.

— Que faites-vous dans *ma* salle de bains ? s'écria-t-elle, visiblement furieuse.

— Euh... je...

— Allez-vous-en ! Je ne veux pas partager *ma* salle de bains avec cet horrible bébé !

— Suffit, Eloïse ! coupa Harry.

— De toute manière, je m'en vais, déclara Katie.

Elle joignit le geste à la parole.

— Vous pourriez au moins nettoyer la baignoire ! fit Eloïse.

La jeune fille en avait plus qu'assez. Quoi, elle avait conduit toute la nuit dans des routes de montagne, et maintenant elle travaillait comme une folle dans cette maison où on la traitait comme la dernière des employées ? C'était trop... D'ordinaire elle avait bon caractère, mais il y avait des limites à tout.

Elle se tourna vers Eloïse.

— Non, je ne nettoierai pas la baignoire, déclara-t-elle d'un ton ferme. Salissez-vous un peu les doigts, cela ne vous fera pas de mal ! Et la prochaine fois, ne profitez pas de mon absence pour vous emparer de mon petit déjeuner. Moi aussi j'ai faim, figurez-vous !

Eloïse écarquilla les yeux.

— Harry ! cria-t-elle d'une voix aiguë. Vous l'avez entendue ? Quelle impertinente ! Vous n'allez pas laisser passer cela !

Les yeux de Harry étincelaient. Il semblait beaucoup s'amuser.

— Il faut la punir ! fit Eloïse en trépignant.

— La punir ? répéta Harry. Pas question...

— Mais...

— Je viens d'apprendre que Katie n'est pas l'employée que j'attendais. C'est une photographe. Une photographe professionnelle... Sa voiture est en panne et seul le hasard a voulu qu'elle sonne à ma porte ce matin.

— Quoi ? s'exclama Eloïse. Une photographe ?

— Oui. Du moins, c'est ce que tante Grace m'a dit. Reste à savoir si c'est la vérité !

— Mais c'est la vérité ! protesta Katie.

— Je me méfie toujours des déclarations de tante Grace.

Elle haussa les épaules.

— J'en ai assez de ces discussions interminables, marmonna-t-elle. Allons, viens, John ! Il faut dormir maintenant.

Harry la suivit.

— Vous n'avez pas encore de chambre... Voulez-vous loger juste en face de tante Grace ?

Il passa devant elle et ouvrit une porte.

— Voilà ! Chambre, boudoir et salle de bains... Vous serez probablement obligée de rester ici plusieurs jours.

— Dès que ma voiture sera réparée, je partirai... s'entendit-elle déclarer.

Soudain, elle tombait de fatigue. Elle avait envie de fermer les yeux et d'oublier tout le reste.

Elle mit le bébé au lit où il s'endormit presque aussitôt.

Harry s'attardait.

— Vos cheveux ont une étrange couleur, remarqua-t-il à mi-voix, un peu comme pour lui-même. Ils tirent légèrement sur le roux...

— Roux ! protesta-t-elle avec indignation. Ils ne sont pas roux mais blonds !

— Ah ?

— Les vôtres sont roux ! lança-t-elle.

Il éclata de rire.

— Non, justement ! Les miens sont dorés !

Elle haussa les épaules.

— Je n'ai pas le courage d'entreprendre maintenant une discussion à ce sujet. Le bébé peut dormir ici avec moi ?

— Bonne idée. Ce sera seulement provisoire : Amanda ne devrait pas tarder à revenir, son mari sur les talons...

— N'allez surtout pas vous imaginer que je m'attarderai ici pour m'occuper de John et de la maison ! On m'attend... Ma sœur Marion se marie !

— Tiens, votre sœur Marion se marie ? répéta-t-il d'un ton neutre.

— Et si je n'assistais pas à son mariage, elle serait furieuse !

Avec un sourire, elle ajouta.

— C'est drôle, il n'y a plus que moi... Mes trois frères sont déjà mariés et, dans quelques semaines, ce sera au tour de Marion...

— Il n'y a plus que vous, fit-il en écho.

Son sourire avait disparu et il la regardait d'un air de reproche.

— Comment se fait-il que vous soyez toujours célibataire ? interrogea-t-il.

— Je ne vais pas vous raconter ma vie, rétorqua-t-elle avec froideur. Seul le hasard a voulu que nous nous rencontrions...

Il se remit à rire.

— Vous avez déjà tout dit de votre vie à tante Grace ! s'exclama-t-il. Et comme vous allez être obligée de passer un certain temps ici, vous pouvez bien vous confier à moi aussi.

Elle haussa les épaules.

— Que voulez-vous que je vous dise ? Mon père avait un magasin de photo dans la ville où je suis née. Après avoir terminé mes études, je me suis mise à travailler avec lui.

Sa voix se cassa.

— Et puis il est mort subitement. Un infarctus... Maman a jugé que j'étais trop jeune pour m'occuper seule du magasin. Elle a engagé un gérant...

Avec une certaine amertume, elle ajouta :

— Dix-huit mois plus tard, elle l'épousait. J'ai préféré partir.

— Parce que vous ne vous entendiez pas bien avec votre beau-père ?

Elle réfléchit un instant.

— Il s'occupe très bien du magasin et je dois dire que maman est heureuse avec lui. Mais nous n'avons pas la même façon de voir les affaires... J'aurais dirigé ce studio de photographie de manière très différente ! Alors plutôt que d'amasser des rancunes et de mener des discussions sans fin, je suis partie.

— Il y a longtemps de cela ?

— Déjà deux ans. J'ai réussi à me faire un nom dans le domaine de la photo de sport, ce qui n'est pas facile... Si les premiers temps ont été durs, j'arrive maintenant à gagner ma vie correctement.

Elle baissa le ton.

— Chut ! Nous allons réveiller John...

Elle se pencha vers le bébé qui souriait dans son sommeil.

« Il ressemble à quelqu'un que je connais ! » songea-t-elle encore.

Tout haut, elle murmura.

— Quel gaspillage...
— Que voulez-vous dire ?
— Ces longs cils, ces boucles blondes ! Tout cela pour un garçon !

Harry King était maintenant tout près d'elle. Elle voulut reculer mais elle se trouvait coincée entre le mur et le lit.

— Monsieur King... commença-t-elle.
— Harry ! corrigea-t-il.

Son haleine tiède balaya le visage de la jeune fille. Elle sentit soudain ses genoux se dérober sous elle.

— Que vous arrive-t-il ? demanda-t-il.

Il remarquait son trouble et elle se sentit rougir jusqu'aux oreilles.

— Je... je suis fatiguée, balbutia-t-elle. J'ai conduit toute la nuit.

— Vous savez ce qui me plaît chez vous ? demanda-t-il.

Et, sans attendre sa réponse — exactement comme sa tante —, il ajouta :

— C'est que vous êtes grande. Je n'ai pas besoin de me casser en deux pour vous embrasser. Voyez...

Il s'empressa de joindre le geste à la parole. Certes, ce n'était pas la première fois que l'on embrassait Katie... Et elle n'avait jamais trouvé ces expériences spécialement agréables — ni spécialement désagréables, d'ailleurs.

Mais avec Harry King, c'était totalement différent. Dès qu'il la prit dans ses bras, elle eut l'impression de s'embraser de la tête aux pieds.

Elle ferma les yeux et, toute frémissante, s'abattit contre sa poitrine. Leur baiser dura seulement quelques secondes. Puis Harry releva la tête et la regarda avec surprise.

— Katie... murmura-t-il.

Il reprit ses lèvres. Dans son sommeil, le bébé s'agita. Katie se rejeta violemment en arrière.

— Vous allez réveiller John, fit-elle d'un ton accusateur.

Déjà, Harry avait laissé retomber ses bras. Il considérait la jeune fille sans ciller.

« Comme un aigle qui s'apprête à fondre sur sa proie », songea-t-elle.

Un lent sourire éclaira enfin le visage de Harry.

— Alors, Katie ?

Elle haussa les épaules.

— Ce n'est pas une façon de traiter les domestiques. Que dirait Eloïse ?

— Primo, vous n'êtes pas une domestique. Et secundo, Eloïse n'a pas besoin d'être mise au courant...

— Vous êtes odieux ! Je sais que vous allez l'épouser ! Alors, comment osez-vous...

Il l'interrompit.

— Eloïse s'imagine peut-être que je l'épouserai, mais elle se trompe.

— Quoi ? Vous...

— Je n'ai aucune envie de me marier.

— Vous vous croyez tous les droits. Y compris celui de m'embrasser alors que je...

Elle laissa sa phrase en suspens. Harry se mit à rire.

— Alors que vous vous défendiez désespérément ? A d'autres, Katie ! Ce baiser, vous le désiriez tout autant que moi.

Elle avala sa salive.

— Vous êtes... commença-t-elle.

Harry ne lui laissa pas le temps d'en dire plus.

— Vous manquez cependant d'expérience, murmura-t-il. J'aurais pensé que tante Grace porterait son choix sur une candidate plus... délurée.

Il croisa les bras et, d'un ton sarcastique :

— Maintenant, avouez-moi tout. Quel est le complot que ma chère tante a mis sur pied, cette fois ?

— Le complot ?

— Vous croyez que je vais me laisser prendre à cette histoire de voiture en panne ?

— Mais...

— Choisir de traverser le massif des Appalaches pour aller de la Caroline du Nord à l'Ohio, mais il faut être fou ! Ou bien avoir un but bien précis... Vous me croyez idiot au point de me laisser prendre à vos contes à dormir debout ?

Katie secoua la tête avec incrédulité.

— C'est insensé ! s'écria-t-elle.

Et, martelant ses syllabes, elle déclara :

— Je suis arrivée ici par hasard ! Jamais je n'ai vu votre tante auparavant !

— Vous refusez d'avouer ?

Il eut un petit rire.

— Je découvrirai bien la vérité, ma chère !

3

Katie ouvrit les yeux et s'étira paresseusement.

— Où suis-je ? murmura-t-elle.

Elle se trouvait dans une chambre inconnue... Peu à peu la mémoire lui revint et elle s'assit brusquement sur le lit.

— Le bébé ! s'exclama-t-elle. Où est le bébé ?

John avait disparu. Elle se leva et courut à la fenêtre. Le brouillard s'était maintenant totalement dissipé et le soleil brillait, haut dans le ciel bleu. Deux geais pépiaient dans le grand noyer dont les branches arrivaient à hauteur de sa fenêtre.

Katie consulta sa montre et s'aperçut qu'il était huit heures.

— Huit heures du matin ou huit heures du soir ? se demanda-t-elle.

Elle avait complètement perdu la notion du temps. Elle éprouvait une curieuse sensation d'irréalité. Mais quand elle se souvint des accusations d'Harry, la colère la submergea.

Ainsi, il pensait qu'elle avait organisé un complot avec sa tante pour... Dans quel but, en réalité ?

Haussant les épaules, elle se décida à descendre et trouva tante Grace dans la cuisine.

— La voici enfin ! s'exclama cette dernière avec bonne humeur.

— Où est John ? demanda la jeune fille.

— A la piscine avec Harry. Comme vous avez dormi ! Imaginez un peu : presque vingt-quatre heures !

— Vingt-quatre heures ! répéta Katie avec stupeur. Ce... ce n'est pas possible !

— C'est pourtant ainsi. Voulez-vous prendre votre petit déjeuner ?

— Juste un peu de café, s'il vous plaît.

La jeune fille se laissa tomber sur une chaise.

— Incroyable... murmura-t-elle. Jamais de ma vie je n'ai dormi aussi longtemps !

— Une réaction nerveuse, commenta la vieille dame. Vous aviez besoin de récupérer. Tenez, prenez cette tasse de café et allez la boire tranquillement dehors. Je vous appellerai quand le petit déjeuner sera prêt.

Katie s'empara de la tasse.

— Merci...

A pas lents, elle sortit dans la cour. Pour la première fois, elle put contempler la maison de l'extérieur. C'était une grande bâtisse en briques flanquée de deux ailes, nichée au creux d'une vallée. Le seul accès était le pont qui surplombait un torrent.

Le regard de la jeune fille erra sur un verger doucement vallonné. Elle fit quelques pas et arriva de l'autre côté de la maison. En contrebas étincelait une piscine de dimension olympique, alimentée en eau chaude par un chauffage solaire.

Harry jouait avec John au bord de l'eau. Quand l'enfant aperçu Katie, il lui tendit les bras.

— Maman !

Elle courut vers lui et l'embrassa. Le bébé se mit à jouer avec la chaîne d'or qu'elle portait au cou nuit et jour.

Harry haussa un sourcil.

— Ainsi, il vous prend pour sa mère ?

Du coin de l'œil, la jeune fille l'observa. En maillot, il paraissait mince et musclé. Pas un gramme de graisse superflue…

Malgré elle, elle rougit.

— Les enfants de cet âge appellent parfois « maman » les femmes qui s'occupent d'eux.

— Vous avez toujours réponse à tout, vous ! lança-t-il.

Elle demeura silencieuse

— Katie ?

— Où est Eloïse ? demanda-t-elle.

En réalité, elle n'avait aucune envie de le savoir. Mais quel autre sujet de conversation aborder ? Si elle s'était écoutée, elle se serait blottie dans les bras de Harry. Elle aurait glissé ses doigts entre ses boucles dorées, elle lui aurait tendu ses lèvres, elle…

« Tu es folle, ma fille ! » se dit-elle, fâchée contre elle-même.

En quelques enjambées, Harry l'avait rejointe. Il posa ses mains sur les épaules de la jeune fille qui se sentit à nouveau gagnée par ce trouble étrange…

— Le… le bébé, réussit-elle à balbutier.

Il la lâcha et courut après John qui s'était dangereusement approché de la piscine.

— Les baisers vous font donc toujours un tel effet ? demanda-t-il.

— Non ! C'est seulement quand vous…

Elle s'interrompit. Seigneur ! Qu'avait-elle failli dire !

— Seulement quand c'est moi qui vous embrasse ? suggéra-t-il.

— Vous êtes impossible ! s'exclama-t-elle. Vous vous croyez irrésistible ?

— Tentons une expérience…

— Laquelle ? fit-elle, méfiante.

— Je vous embrasse et…

— Sûrement pas ! Je ne veux pas ! protesta-t-elle. Eloïse va vous voir et…

Déjà, il l'avait reprise dans ses bras. Les larmes vinrent aux yeux de la jeune fille.

— Non... murmura-t-elle. Non, je vous en prie !

Du bout de l'index, il écrasa une larme qui glissait sur la joue de Katie.

— Non... fit-il à son tour.

Doucement, il la prit par la main et la fit s'asseoir sur une chaise longue.

Déjà, Katie avait retrouvé sa maîtrise d'elle-même.

— Ainsi, vous êtes un inventeur ? demanda-t-elle. Et vous arrivez à gagner votre vie avec vos inventions ?

— Mais oui.

— Qu'inventez-vous ?

— Un peu de tout.

Il éclata de rire.

— Moi qui m'imaginais célèbre ! Vous n'avez jamais entendu parler de moi ?

— Jamais. Désolée...

— Cette sorcière de tante Grace ne vous a pas mis au courant avant de vous jeter dans la gueule du loup ?

— Je vous ai déjà dit que...

Elle s'interrompit.

— A quoi bon discuter ! Vous refusez de m'écouter.

— Je suis tout ouïe.

Elle pinça les lèvres.

— N'appelez pas votre tante « sorcière ». Ce n'est pas gentil.

— Dans ma bouche, c'et le plus affectueux des termes.

Il redevint sérieux.

— Et tante Grace est une sorcière ! Une vraie !

— Moi aussi, fit-elle d'un air absent. Alors, parlez-moi un peu de vos inventions.

— Que dites-vous de cela ?

Il sortit de la poche de son peignoir de bain une petite vis étincelante.

— Alors, que dites-vous de cela ? répéta-t-il triomphalement.

— Vous avez inventé ce... cette vis ? Euh... très bien.

— Euh... très bien ! fit-il en écho avec ironie.

Et, dédaigneux, il expliqua :

— Ce n'est pas une vis, mais un système de fermeture hautement perfectionné.

— Oui, je vois, prétendit-elle.

— Vous ne voyez rien du tout !

Il lui tendit le petit instrument. Elle s'en empara et l'examina sous toutes les coutures. Elle cherchait un commentaire intelligent, mais rien ne lui vint à l'esprit.

— Alors, c'est un système de fermeture... murmura-t-elle. Et cela sert à quelque chose ?

— Dans l'industrie automobile, oui.

Il sourit.

— On trouve ce système de blocage sur toutes les voitures fabriquées aux Etats-Unis.

— Vraiment ?

— Et je touche un pourcentage sur chaque appareil vendu. Par conséquent, chaque fois qu'une voiture sort des chaînes, je touche cinq *cents*.

Katie fit une petite grimace.

— Cinq *cents !* Ce n'est pas la fortune...

— Multiplié par les cinq millions de voitures qui ont été fabriquées l'année dernière, ce n'est pas si mal, figurez-vous.

— Cinq millions de voitures...

Elle fit un rapide calcul et agrandit les yeux.

— Vous avez amassé une véritable fortune en dollars grâce à cette petite vis de rien du tout !

— Et j'espère faire encore mieux l'année prochaine. Jusqu'à ce que quelqu'un trouve autre chose et que mon système se trouve relégué au rang des antiquités...

Katie le regardait avec un respect nouveau.

— Jamais je n'aurais imaginé que cet instrument représentait tant d'argent !

— Bof ! Une invention parmi d'autres...

— Parce que vous avez eu d'autres idées ? Des idées aussi rentables ? insista-t-elle.

— Evidemment. Je suis un inventeur, vous dis-je !

Son ton se fit brusquement sarcastique.

— Assez parlé de moi ! lança-t-il. Revenons-en à vous... La nuit vous a-t-elle porté conseil ? Avez-vous trouvé une histoire plus plausible que celle de la photographe perdue dans la montagne pour expliquer votre présence ici ?

Elle fronça les sourcils.

— Je suis une photographe !

— Perdue dans la montagne ?

— Je me suis perdue, en effet. Puis ma voiture est tombée en panne.

— Juste à ma porte, voyez-vous cela ! Et vous me croyez assez naïf pour avaler une pareille histoire ? D'habitude, tante Grace montre un peu plus d'imagination.

— Je ne connaissais pas votre tante avant de venir ici.

Les yeux de la jeune fille jetaient des éclairs.

— Je n'ai pas l'habitude de raconter des mensonges ! s'exclama-t-elle avec exaspération. J'accepte de rester chez vous pour m'occuper de John en attendant que ma voiture soit réparée. Mais une fois qu'elle sera remise en état, je reprendrai la route. Je tiens à assister au mariage de ma sœur, figurez-vous.

— Vous auriez mieux fait de vous en tenir à la version de l'employée de maison... Ainsi, vous êtes photographe ? Qu'allez-vous photographier ici ?

Elle haussa les épaules.

— Je n'en sais rien. J'avoue ne pas y avoir pensé...

— Vous êtes une drôle de photographe !

Elle fit mine de ne pas avoir entendu la réflexion désobligeante.

— J'aime ces montagnes... murmura-t-elle. Je pourrais en prendre tout un panorama... Il faudrait aller sur ce sommet...

Elle désigna un pic rocheux.

— Là-bas... Peut-on s'y rendre ?

— Facilement. Quand voulez-vous que je vous y conduise ?

— Pour la lumière, il faudrait que ce soit le matin. Pourquoi pas aujourd'hui ? Maintenant ?

— Pourquoi pas ? fit-il en écho.

Il se leva et lui tendit la main.

— Allons-y !

Il l'aida à se mettre debout mais au lieu de la lâcher, il l'attira contre lui.

— Oh, Katie...

Déjà, ses lèvres étaient sur celles de la jeune fille. Elle aurait dû résister, mais sa volonté demeurait sans effet sur son corps. Ce dernier ne lui obéissait plus. Quand Harry la prenait dans ses bras, elle n'était plus maîtresse d'elle-même : elle devenait sa chose, presque son double.

La porte de la cuisine s'ouvrit et Eloïse apparut, la main en écran au-dessus des yeux. Déjà, Harry avait lâché Katie.

John, qui prenait tout cela pour un nouveau jeu, gazouillait de plus belle. Harry le jucha sur son épaule et se dirigea vers la maison. Eloïse se pendit à son cou tandis que Katie crispait les poings.

— Hypocrite ! grommela-t-elle entre ses dents serrées. J'ai bien envie de vous jeter un sort...

Harry, Eloïse et John avaient disparu à l'intérieur de la maison. Katie se mit à danser en rond dans l'herbe, imitant de son mieux une danse du scalp dans le plus pur style hollywoodien.

— Grand Manitou, fais que l'homme blanc...

Que pourrait-il lui arriver de plus désagréable ? Qu'il se casse le bras ? Qu'il perde tous ses cheveux ? Ou bien ses dents ?

Katie éclata de rire. Sa colère était brusquement tombée.

— Grand Manitou, donne-lui une bonne crise d'urticaire !

Là-dessus, rassérénée, elle regagna à son tour la maison où tante Grace l'accueillit avec sévérité.

— Ce n'est pas bien.

— Quoi donc ?

— De jeter des sorts à Harry ! Il ne mérite pas cela !

— Oh si !

— Ce ne sera pas trop grave ?

Katie lui adressa un sourire amusé.

— Pas trop, assura-t-elle. Juste une crise d'urticaire.

— Tsst, tsst !

— Vous ne croyez pas sérieusement à tout cela ? s'enquit la jeune fille, étonnée de voir tante Grace si inquiète. Je m'amusais, tout simplement ! A notre époque, il n'y a plus de sorcières, voyons !

— Dans les montagnes, on y croit toujours.

La vieille dame examina Katie d'un air soucieux.

— On soigne encore par les plantes dans certaines régions. Les rebouteux et les guérisseurs sont légion. Quant aux sorcières...

Elle laissa sa phrase en suspens.

— Les sorcières ? insista Katie.

— Croyez-vous aux plantes, mon petit ? Y connaissez-vous quelque chose ?

— Oh oui ! Ma grand-mère soignait toutes sortes de maladies avec. Elle m'a transmis une partie de son savoir.

— Cela ne m'étonne pas, murmura la vieille dame. Je le sentais !

Elle secoua la tête et répéta d'un ton mélodramatique :

— Oui, je le sentais !

— Les simples, comme on les appelle parfois, peuvent soulager. En tout cas, elles ne font pas de mal ! J'ai remarqué que vous aviez beaucoup de pissenlits dans la pelouse. Et aussi des sassafras près de la piscine. C'est un bon début !

— Un bon début pour quoi ? interrogea Harry qui venait de les rejoindre.

Il avait toujours John sur les épaules, et Eloïse, vêtue d'une combinaison-pantalon écarlate, le suivait comme une ombre.

Katie s'aperçut à ce moment-là qu'elle n'avait pas encore trouvé le temps de se changer depuis son arrivée. Elle portait toujours le même jean et le même chemisier... et cela, depuis plus de trente-six heures !

— Un bon début... un bon début pour le petit déjeuner, déclara-t-elle.

Elle se dirigea vers la porte.

— Je vais chercher mes affaires et me changer.

— Mais le petit déjeuner est prêt ! s'exclama tante Grace.

— J'en ai pour deux minutes.

Une demi-heure plus tard, Katie était prête. Elle avait pris une douche, avait changé de vêtements et dévoré un solide petit déjeuner.

Chargée de deux sacs en bandoulière, elle revenait vers la maison.

— Cela paraît lourd, observa Harry. Qu'est-ce que c'est ?

— Mes appareils-photos.

— Vraiment ? s'étonna-t-il.

— A quoi vous attendiez-vous ? A un *Polaroïd ?*

— Ma foi, plus ou moins...

Il éclata de rire.

— Dites-moi, vous avez poussé le souci du détail assez loin, remarqua-t-il en soupesant les sacs. Quel genre d'appareil avez-vous ?

— Dans ce sac, un Hasselblatt.

Cette fois, il parut impressionné.

— C'est du matériel de professionnel.

— Je me tue à vous répéter que je *suis* une professionnelle !

Il la toisa.

— Me serais-je trompé sur votre compte ? murmura-t-il comme pour lui-même. Dites-moi, petite fille...

Elle l'interrompit.

— Ne m'appelez pas « petite fille » ! Je ne suis plus une gamine !

— Allons, venez !

Il se dirigea vers une Jeep et mit les sacs à l'arrière. Puis, lentement, il descendit l'allée et emprunta le pont. Katie se pencha pour regarder le torrent qui grondait au fond de la gorge taillée dans le roc.

Harry conduisait avec précaution sur la route en lacets. Katie en profita pour admirer le paysage. Les montagnes étaient verdoyantes, à cette époque. Jusqu'à une certaine altitude croissaient les chênes, les pins et les mélèzes ainsi que des buissons de lauriers. L'odeur des pins parvenait jusqu'à ses narines et elle respirait à pleins poumons.

Bientôt, Harry emprunta un mauvais chemin et il ne tarda pas à arrêter son véhicule.

— Même une Jeep ne peut pas aller plus loin ! Il nous faut continuer à pied. Mais le sommet que vous voulez atteindre ne se trouve pas à plus de dix minutes.

— Eh bien, allons-y !

Elle voulut se charger de ses sacs mais, d'autorité, Harry s'en empara.

— Laissez-moi porter cela.

— J'ai l'habitude, vous savez.

— Ce n'est pas une raison.

Ils ne tardèrent pas à arriver à destination. Avec l'adresse que donne une longue habitude, Katie déplia son trépied et fixa son appareil.

— Quelle vue magnifique ! s'exclama-t-elle.

— Oui, sur toute la vallée du Tennessee...

Il s'assit sur un rocher et, les yeux rétrécis, l'observa.

— Voyons un peu... La photographe en pleine action !

A l'aide d'un mouchoir en papier, Katie essuya ses objectifs. Ses gestes étaient sûrs, précis, et Harry ne cherchait plus à ironiser.

Pour réussir à fixer tout le panorama sur la pellicule, Katie devait prendre une série de photos se chevauchant les unes les autres. Elle commença par l'extrême droite. Tout en opérant, elle posait à Harry les questions qui lui étaient venues dernièrement à l'esprit.

— Depuis combien de temps habitez-vous cette belle région ?

— Mon arrière arrière-grand-père a fait construire la maison que j'occupe maintenant. Toute la terre m'appartient ici. Sur des kilomètres et des kilomètres...

— Eh bien ! fit-elle d'un air absent, tout en continuant à travailler. Rien que cela ? Je croyais que la terre appartenait à l'origine aux Indiens. Il n'y avait pas d'Indiens dans les Appalaches ?

— Oh si...

— Ils ne montaient jamais si haut ?

— Pour chasser. Mais mes ancêtres ont fait la paix avec eux.

— Avec les Indiens ? demanda-t-elle, incrédule.

— Oui, avec les Cherokees, précisa-t-il. Ils leur ont loué la terre...

— Pas bien cher, je suppose.

— Puis ils ont construit un fort et ont commencé à labourer et à semer.

Katie abandonna pendant une seconde son appareil photo.

— Ils ont fait la paix avec les Indiens, me dites-vous. Alors pourquoi ont-ils construit un fort ?

— Pour éviter les attaques des Cherokees.

— Je me demande pourquoi ceux-ci attaquaient...

— Je n'étais pas là ! protesta Harry. Ne me regardez pas de cet air accusateur ! Je ne suis pas responsable des actes de mon arrière arrière-grand-père !

— Pourquoi a-t-il fait construire un fort ? insista-t-elle.

— Je crois que les Indiens en voulaient aux Visages Pâles qui s'étaient installés dans les Appalaches.

— Pourquoi ? insista encore Katie.

— Ils avaient décimé leurs troupeaux de buffles. Mais il le fallait bien : les buffles abîmaient toutes les cultures !

Katie hocha la tête.

— Je commence à mieux comprendre... Et qui avait raison, dans tout cela, les Indiens ou les Visages Pâles ?

— Que de questions ! se lamenta-t-il. Heureusement, je connais maintenant le moyen de vous faire taire...

Avant qu'elle ait pu deviner ses intentions, il la prenait dans ses bras.

— Non... murmura-t-elle.

Leurs lèvres se rencontrèrent et elle n'eut plus le courage de protester. Et encore moins celui de résister...

Enfin, Harry releva la tête et sourit.

— Voyez ! Ainsi nous avons évité une discussion sans fin...

Elle prit une profonde inspiration et, intensément troublée, retourna terminer le travail entrepris.

Un peu avant midi, elle commença à ranger ses appareils.

— Fini ? interrogea Harry.

— Fini...

Il reprit les sacs et ils regagnèrent la voiture.

— Vous ne vous êtes pas trop ennuyé ? interrogea-t-elle.

— Pas un instant. C'était une expérience très intéressante dont les résultats me surprennent, je l'avoue.

— Pourquoi ? s'étonna-t-elle.

— J'aurais juré que vous étiez incapable de vous servir d'un appareil de ce genre.

Elle fronça les sourcils.

— Vous mettez toujours mes dires en doute ?

— Je ne sais pas... J'étais persuadé que vous mentiez mais sur ce point, il semblerait que non.

Il mit le contact et la voiture s'ébranla.

— Il va falloir que je procède à d'autres vérifications, conclut-il en changeant de vitesse.

Katie crispa les poings.

— Vous pourriez croire ce que l'on vous dit, tout simplement !

— Je ne suis pas si bêtement crédule, ma chère !

Ils roulèrent deux ou trois cents mètres sans échanger un seul mot.

— Oh ! s'écria soudain Katie. Arrêtez !

Il freina brutalement. La Jeep s'immobilisa dans un nuage de poussière, et Katie, violemment projetée en avant, heurta le pare-brise.

— Mon Dieu ! Vous avez mal ?

Harry la prit dans ses bras. Il paraissait vraiment inquiet.

— Mais non, assura-t-elle. J'aurai une bosse, rien de grave...

— Pourquoi m'avez-vous dit d'arrêter ?

Il regarda autour de lui d'un air perplexe.

— Je ne vois rien...

— Mais si ! Cette fleur, là-bas...

— Une fleur ? Où voyez-vous une fleur, vous ?

— Il n'y en a pas, bien sûr : elles fleurissent beaucoup plus tôt dans l'année.

— Alors...

— Regardez cette plante aux feuilles très brillantes ! Il faut absolument que je l'emporte... Une quintefeuille, vous imaginez ? C'est très, très rare !

Elle descendit de voiture et commença sa récolte. Bientôt, il y eut des quintefeuilles partout : dans ses poches, dans son sac et sur le siège arrière de la voiture.

— Je suis contente ! assura-t-elle.

Son joli visage était tout illuminé. Harry la contempla sans mot dire, puis il secoua la tête.

— Drôle de fille, commenta-t-il enfin.

Elle le regarda d'un air interrogateur.

— Vous êtes bien difficile à situer, poursuivit-il. Après avoir joué votre numéro de photographe avec tant de brio que je commençais à être convaincu, voilà que vous vous mettez à cueillir des fleurs !

— Pourquoi pas ?

Il secoua la tête.

— Tout cela ne tient pas debout, marmonna-t-il.

Katie eut un petit rire ironique.

— Il ne faut pas trop me faire confiance, vous savez ! lança-t-elle. Qui sait ? Je n'avais peut-être pas de film dans mon appareil...

Son rire retentit encore.

— Ou bien mes photos sont surexposées...

Il se contenta de hausser les épaules.

— Vous êtes prête ? Finie, la cueillette ? Nous pouvons repartir ?

— Mais oui.

Il remit le moteur en marche et, en cahotant, la Jeep reprit sa descente. Katie admirait le paysage. Elle avait l'impression que jamais elle ne s'en lasserait.

— Comme c'est beau ! soupira-t-elle.

La ligne des crêtes se détachait sur le ciel pur. Une brise légère faisait osciller les cimes des mélèzes et des grands pins.

Ils ne tardèrent pas à arriver en vue de la maison.

— Tiens, le garagiste est venu chercher votre voiture, remarqua Harry.

La Volkswagen avait en effet disparu.

— Combien de temps faudra-t-il pour la réparer ? demanda Katie.

— Je n'en sais rien. C'est au garagiste qu'il faut poser cette question. Je lui téléphonerai...

— Dites-lui de se dépêcher, fit-elle un peu timidement. Ma sœur serait furieuse si je n'assistais pas à son mariage.

— Vous êtes si pressée ? Je croyais que vous vouliez faire d'autres photos.

— Pour m'occuper. C'est en réalité sans importance... A moins que vous ne soyez libre demain pour me conduire sur ce sommet et...

Il lui coupa la parole.

— Demain je serai absent. Je dois aller à Knoxville pour raisons professionnelles.

— Ah... Alors après-demain ? suggéra-t-elle.

— Nous verrons.

Un sourire de biais plissa ses lèvres.

— Mais après-demain, votre voiture sera peut-être réparée...

— Dans ce cas, je partirai !

— Mais oui ! Ne vous faites pas d'illusions, petite fille. J'ai hâte de vous voir tourner les talons ! Quand je vous ai vue la première fois, je ne vous ai pas prise au sérieux. Vous êtes une bien piètre conspiratrice… Cependant, à mesure que le temps passe…

Il laissa sa phrase en suspens.

— Que voulez-vous dire ? interrogea Katie avec curiosité.

— Rien. Sinon quand je me sentirai mieux quand vous serez loin !

— C'est exactement mon avis ! lança-t-elle.

Déjà, Harry avait sauté hors de la voiture. Furieuse, Katie le regarda s'éloigner. Elle crispait ses poings avec une telle violence que ses ongles pénétraient dans sa paume.

« Je le déteste ! songea-t-elle. Je veux m'en aller d'ici le plus vite possible ! »

Elle baissa la tête, soudain au bord des larmes. En réalité, elle n'avait aucune envie de partir.

Un soupir gonfla sa poitrine.

« Comme la vie est compliquée ! » se dit-elle.

Après s'être chargée de ses sacs, elle se dirigea à son tour vers la maison. Elle faillit renverser Eloïse qui venait en sens inverse.

— Excusez-moi, marmonna-t-elle.

— Justement, je vous cherchais ! s'exclama Eloïse.

— Ah ?

— J'ai à vous parler.

— Je n'ai pas le temps maintenant. Je dois m'occuper de mes films. Plus tard, si vous voulez.

— Plus tard, d'accord. En attendant, laissez-moi vous remercier de vous être occupée de mon fiancé ce matin. Je n'avais pas une seconde à lui consacrer et, par moments, il est comme un enfant : il a besoin d'être le centre de l'attention.

— Vraiment ? fit Katie avec indifférence.

— Oui. Voyez-vous…

Mais déjà, Katie ne l'écoutait plus. Elle venait de pousser la porte de la cuisine. Tante Grace avait laissé un petit mot sur la table :

Je suis allée faire des courses avec John. Si vous avez faim, vous trouverez de la viande froide dans le réfrigérateur. A tout à l'heure !

« Faim ? songea Katie. A vrai dire, j'ai surtout sommeil. »

Incroyable... Elle avait dormi pendant près de vingt-quatre heures et elle ne songeait qu'à son lit !

En traversant le hall, elle entendit la voix de Harry. Il téléphonait...

— Je comprends très bien, Georges ! Mais nous nous connaissons depuis maintenant vingt-cinq ans, tu peux bien me rendre un service ! Raconte n'importe quoi... Tu n'as qu'à dire que les pièces permettant la réparation te manquent et que tu les as commandées.

Un silence.

— Quoi, tu peux effectuer la réparation en deux heures ? Mais cela ne m'arrange pas du tout ! Je veux que cela dure au moins quinze jours, tu m'entends !

Katie aurait dû être furieuse. Ainsi, Harry était prêt à tout pour la garder prisonnière ?

Mais au lieu de la fâcher, cette constatation lui faisait plutôt plaisir.

4

Katie dormit une bonne partie de l'après-midi. Quand elle ouvrit ses yeux, elle s'aperçut que John se trouvait à ses côtés. Le bébé lui adressa un beau sourire et lui tendit les bras.

Elle le câlina puis le changea avant de descendre avec lui.

Tout le monde se trouvait dans la cuisine. Eloïse fumait à la chaîne, comme en témoignait le cendrier débordant de mégots posé devant elle.

Tante Grace s'affairait devant la cuisinière. Quant à Harry, il examinait son bras d'un air soucieux.

— Mais voici l'invitée ! s'exclama Eloïse d'une voix perçante.

— L'invitée, c'est une vraie photographe, marmonna Harry. Ne vous moquez pas d'elle !

— Surtout pas, appuya tante Grace. Attention ! Elle sait jeter des sorts.

Harry éclata de rire.

— Pas possible ! Une sorcière ?

Il roula la manche de sa chemise.

— Vous avez vu ce que j'ai au bras ?

— De l'urticaire ! s'exclama tante Grace.

Ses yeux étincelèrent et elle se tourna vers Katie.

— Il a une bonne crise d'urticaire !

— Je me demande bien pourquoi ! s'exclama

Harry. Je n'ai pas fait d'écart de régime... A moins que je ne sois allergique à votre chat, Eloïse ?

Le petit John, juché en équilibre sur sa hanche. Katie rejoignit Harry et examina son bras.

— Sauriez-vous le soigner par les plantes ? interrogea tante Grace.

— Oui. Mais les plantes guérissent seulement ceux qui croient en elles...

— Je vous en prie, coupa Harry. Ne me tenez pas ce genre de discours ! Faites en sorte de me soulager. Vous ne pouvez pas vous imaginer à quel point cela démange.

— Comme vous êtes douillet ! s'exclama-t-elle. Elle se tourna vers tante Grace.

— Avez-vous par hasard du savon de Marseille ?

— Oh oui ! Il en reste des kilos dans la buanderie. Maintenant qu'on lave tout le linge à la machine, on n'utilise presque plus jamais ce genre de savon.

Elle alla en chercher un pain.

— Lavez-vous le bras avec cela, Harry, commanda Katie.

Ensuite, elle tendit John à Eloïse.

— Occupez-vous de lui pendant que je monte chercher quelque chose.

— Sûrement pas ! protesta la jeune femme. Si vous êtes arrivée à vous incruster ici, c'est en vous transformant en bonne d'enfant. Ne comptez pas sur moi pour prendre le relais !

Avec une grimace, elle ajouta :

— Mais vous ne pouvez donc rien trouver de mieux ? Bonne d'enfant...

— C'est un métier honnête, au moins, commenta Katie. Peut-on en dire autant du vôtre ?

Ses yeux étincelaient, elle semblait prête à la bataille, et Eloïse fit un pas en direction de la porte.

« Elle a peur de moi ! » constata Katie, à la fois intriguée et amusée.

Harry intervint.

— Je vais mourir d'une crise d'urticaire ! Faites un effort, Eloïse ! Occupez-vous de John pendant cinq minutes.

— Bon... fit la jeune femme sans enthousiasme.

Katie lui mit le bébé dans les bras et, comme une flèche, fila dans sa chambre. Elle redescendit presque immédiatement avec l'une des plantes qu'elle avait récoltées dans la montagne.

— Elles sont plus efficaces quand on les a fait sécher, expliqua-t-elle. Mais en tant que remède d'urgence...

Après avoir écrasé les feuilles, elle les mit à bouillir dans un peu d'eau.

— Maintenant, il faut attendre une demi-heure, déclara-t-elle.

— Et ensuite ? interrogea Harry.

— Ensuite, vous tremperez une compresse dans cette décoction et vous l'appliquerez sur votre bras.

— Ce n'est pas trop compliqué, admit-il. Les feuilles doivent bouillir une demi-heure, avez-vous dit ? Pendant ce temps, si nous allions nous promener, Katie ?

— Harry ! s'écria Eloïse d'une voix suraiguë. Nous avons à discuter sérieusement, tous les deux. L'auriez-vous oublié ?

— C'est vrai, admit-il. Vous venez dans la bibliothèque ? Laissons les deux sorcières avec leur chaudron...

Avant de suivre la jeune femme dans la bibliothèque, il se tourna vers Katie.

— Je vous ai vue tout à l'heure plongée en grande discussion avec tante Grace, fit-il à mi-voix. Où en est la conspiration ?

— Oh, vous ! Vous êtes... vous êtes...

Elle n'eut pas le temps de trouver les insultes appropriées : Harry venait de s'éclipser en riant.

Le lendemain matin, Katie commençait à donner

à manger à John quand Harry fit son apparition dans la cuisine.

— Le petit déjeuner est-il prêt ? Je dois partir pour Atlanta...

Sans attendre la réponse, il s'assit et déplia le quotidien du matin que le facteur livrait régulièrement avec le courrier.

— Vous pourriez m'aider ! lança Katie sans aménité.

Elle fut la première étonnée de sa propre témérité. Chez elle, jamais elle n'aurait osé parler sur ce ton à ses frères...

Au lieu de se fâcher, Harry abandonna son journal.

— Volontiers. Que dois-je faire ?

— Voulez-vous donner ce petit pot à John ? Pendant ce temps je préparerai le repas pour tout le monde. Ensuite, il me faudra nettoyer la cuisine, penser au déjeuner, faire la lessive...

— Elle n'arrête pas de se plaindre ! plaisanta Harry. Toutes les femmes, ici, se plaignent...

— Et vous, vous vous complaisez dans votre rôle de *macho !* rétorqua-t-elle.

Il éclata de rire et se mit en devoir de faire avaler à John le contenu d'un petit pot préalablement tiédi.

Eloïse ne tarda pas à apparaître, vêtue d'un tailleur vert foncé et d'un manteau en daim clair.

— Etes-vous prêt, Harry ?

— Pas encore.

Elle soupira.

— Dans ce cas, j'aimerais dire quelques mots à Katie. Vous venez dans la cour ? demanda-t-elle à la jeune fille.

Cette dernière ne tenait nullement à écouter Eloïse. Pourtant, sa curiosité fut la plus forte et elle la suivit dehors.

— C'est Harry qui m'a demandé de vous parler, déclara Eloïse. Il tenait à ce que les choses soient mises au point avant notre départ pour Atlanta, où nous passerons le week-end comme à l'ordinaire.

— Ah ? fit seulement Katie, qui se demandait où allait mener ce préambule.

— Quel âge avez-vous ? lui demanda Eloïse.

— Vingt-quatre ans.

— Vous êtes encore bien jeune… Harry a trente-deux ans, voyez-vous. Et moi trente…

Elle se pencha.

— Au cas où vous ne l'auriez pas encore compris, Harry est à moi !

Sa voix monta à l'aigu.

— Il peut s'intéresser à vous pour quelques heures ou quelques jours… Bref, le temps d'une aventure sans lendemain.

Elle se redressa, triomphante.

— Mais il me reviendra toujours ! Et bientôt, il m'épousera. Autant que vous soyez prévenue…

— Ecoutez, je suis ici pour m'occuper de John. Un point, c'est tout, réussit à dire Katie d'un ton ferme.

Elle en voulait terriblement à Harry. Pourquoi chargeait-il Eloïse de délivrer de tels messages ? Il n'avait pas le courage de les transmettre lui-même ?

— Si vous voulez un conseil, reprit Eloïse d'un ton aigre, c'est celui-ci : faites réparer votre voiture et reprenez la route. J'aimerais bien que vous ayez disparu de la circulation lorsque nous reviendrons lundi. Est-ce clair ?

— Très.

— Dans ce cas, adieu ! J'espère que le hasard ne nous remettra jamais en présence.

Sur ces mots, Eloïse pivota sur elle-même et s'éloigna. Le cœur lourd, Katie la suivit des yeux. Ainsi, Harry avait l'intention d'épouser cette femme ?

« Et moi, dans tout cela ? » songea-t-elle.

Elle haussa les épaules. Seul le hasard l'avait

amenée ici. Eloïse avait entièrement raison : plus vite elle partirait, mieux cela vaudrait.

Elle ne rentra dans la cuisine qu'après avoir entendu le bruit du moteur de la voiture.

— Ils sont partis ? demanda-t-elle à tante Grace, tandis que le petit John s'agrippait à l'une de ses jambes.

— Il y a cinq minutes, oui. Et devinez un peu ! L'urticaire de Harry a disparu !

Le week-end parut interminable à Katie. Elle alla faire quelques courses en voiture avec tante Grace, mais quand elle voulut s'arrêter au garage afin de savoir si sa voiture serait bientôt réparée, la vieille dame refusa.

— Harry a dit qu'il tenait à s'en occuper. Il serait furieux d'apprendre que vous êtes allée voir Georges derrière son dos.

— Mais c'est ma voiture !

— Quand Harry décide quelque chose, il vaut mieux ne pas le contrecarrer.

Katie n'insista pas davantage. A vrai dire, elle n'en avait pas envie... Elle souhaitait rester dans cette étrange maison le plus longtemps possible, même si Eloïse cherchait à l'écarter. Elle se laissait porter par les événements, un peu comme une épave flottant au gré des flots.

La nuit du dimanche au lundi lui sembla la plus longue de toutes. Elle ne parvenait pas à s'endormir. Accoudée à la fenêtre, elle contemplait les étoiles qui scintillaient dans un ciel de velours noir. A l'horizon, on devinait les masses sombres des montagnes.

« Comme je suis énervée ! se dit-elle. Que pourrais-je bien inventer pour me détendre un peu ? »

Une idée lui vint. Pourquoi n'irait-elle pas faire quelques allers et retours dans la piscine ? L'air était frais mais l'eau serait tiède. N'était-elle pas chauffée pendant la journée par les panneaux solaires ?

John dormait paisiblement. Il ne se réveillerait vraisemblablement pas avant le matin. Elle pouvait s'éclipser une demi-heure…

Sans réfléchir davantage, elle enfila une confortable sortie de bain en tissu éponge. Elle n'avait pas de maillot mais à cette heure tardive, personne ne la verrait. Tante Grace était au lit depuis longtemps !

A pas de loup, elle descendit l'escalier. Arrivée au bord de la piscine, elle se débarrassa de son peignoir et plongea. Puis elle se mit à aller d'un bord à l'autre, dans toute la longueur du bassin. Son crawl était parfait et, peu à peu, elle sentait sa nervosité disparaître.

« L'exercice physique, c'est souverain ! » songea-t-elle.

D'un rétablissement, elle se hissa hors de l'eau et resta assise sur les dalles. Au clair de lune, elle avait l'air d'une statue d'argent.

Elle chantonnait, totalement décontractée, quand deux mains se posèrent sur ses épaules. Un cri de frayeur lui monta aux lèvres, tandis qu'une seule idée s'imposait à elle : fuir.

Elle se laissa glisser dans le bassin, déséquilibrant du même coup son agresseur. Ce dernier tomba à l'eau tout habillé. Il émergea à ses côtés en jurant et en s'ébrouant.

— Un costume tout neuf ! gémit-il.

Elle éclata de rire.

— Bien fait ! Cela vous apprendra à me faire peur, Harry King ! Je vous croyais à Atlanta avec Eloïse.

— Je suis revenu pour vous, ma chère. Et vous m'attendiez au bord de la piscine…

— Moi ? Sûrement pas.

Il sortit de l'eau et s'empara du peignoir que la jeune fille avait abandonné sur une chaise longue.

— Venez que je vous sèche.

— Pas question !

— Venez ! ordonna-t-il. Vous allez prendre froid.

Elle commençait en effet à claquer des dents.

— Donnez-moi mon peignoir, demanda-t-elle.

— Non, je veux vous sécher moi-même.

En désespoir de cause, elle sortit de l'eau à son tour et se blottit dans l'épais vêtement en tissu éponge. Harry se mit à la frictionner vigoureusement. Puis il la serra contre lui à l'étouffer. Les yeux clos, elle se laissait faire...

— Arrêtez... murmura-t-elle d'une voix rauque.

— Vraiment ? se moqua-t-il.

Il resserra encore son étreinte.

— Savez-vous ce que vous voulez ?

Elle retrouva ses esprits.

— Evidemment ! s'exclama-t-elle. Je veux que vous me lâchiez...

— Que ferez-vous alors ?

— Je partirai en courant.

Il laissa retomber ses bras. Elle demeura devant lui, incapable de bouger. Elle tremblait des pieds à la tête.

« Mais pas de froid ! songea-t-elle avec désespoir. Oh, comme je suis faible ! Il suffit qu'il me touche pour que je perde la tête... »

— Vite, sauvez-vous ; ironisa-t-il.

Comme elle restait immobile, il secoua la tête.

— J'avais raison : vous ne savez pas ce que vous voulez, Katie !

Il l'attira contre lui.

— Détendez-vous, voyons ! J'espère que vous n'avez pas sérieusement peur de moi ? Vous êtes tout à fait libre...

Elle frissonnait toujours. D'un air égaré, elle regarda autour d'elle. Elle ne reconnaissait pas ce paysage que la lune baignait d'une lueur argentée, presque irréelle.

— Partez si vous voulez ! répéta doucement Harry.

Alors, sans réfléchir un seul instant, elle s'approcha de lui, se haussa sur la pointe des pieds et déposa un baiser sur sa joue.

Aussitôt, il la reprit par la taille. Leurs lèvres se rencontrèrent... Dans ce baiser, Katie se donna tout entière, avec un élan venu du plus profond d'elle-même. Puis la raison lui revint et elle repoussa Harry de toutes ses forces.

— Non... non, balbutia-t-elle.

Il la laissa immédiatement aller.

— C'est pourtant ce que vous voulez ! constata-t-il d'un ton neutre.

— Non !

— Si.

Elle se mordit la lèvre inférieure.

— Je... je ne sais pas, murmura-t-elle en baissant la tête. Voyez-vous, sans amour, je... je ne peux pas accepter de... de...

Elle s'interrompit. Que voulait-elle dire exactement ?

Harry se mit brusquement à rire et elle le regarda d'un air plein de reproche.

— Vous trouvez cela drôle ? jeta-t-elle.

Elle croisa les bras.

— Ah ! Vous pouvez être fier de vous ! Ainsi, après avoir passé le week-end à Atlanta en compagnie d'Eloïse, vous revenez ici m'importuner !

— Jalouse ?

— Certainement pas !

— Alors je vous importune ?

— Oui, fit-elle avec dignité. Et je trouve votre manière de vous comporter très choquante. Je sais que vous aller épouser Eloïse...

— Tiens ? D'où tenez-vous cette information ?

— Votre tante me l'a dit. Et Eloïse elle-même me l'a confirmé.

Maintenant, Harry demeurait silencieux.

— Vous vous taisez, maintenant ! triompha-t-elle.

— Mais non ! s'exclama-t-il avec un grand rire. Savez-vous que ce week-end a été très réussi ? Tous les problèmes d'Eloïse se trouvent enfin résolus. Je lui ai donné un gros chèque et elle est en train d'acheter son trousseau. Etes-vous contente pour elle ?

— Très, parvint-elle à dire.

Elle leva les yeux vers le ciel. A travers les larmes qui perlaient à ses cils, la lune semblait soudain s'être brisée en mille morceaux.

Comme un trait, Katie fila vers la maison. Elle ne voulait pas que Harry la voie pleurer : ce serait trop ridicule. Il ne fallait pas qu'il sache qu'elle versait des larmes sur un rêve irréalisable.

5

La journée du lundi s'écoula sans que Katie ait l'occasion de voir Harry. Elle commençait à se demander si elle n'avait pas rêvé... Etait-il rentré ou non ?

Elle posa la question à tante Grace qui hocha la tête d'un air entendu.

— Mais oui !

— Où est-il ?

— Dans la cave. Il travaille.

— Il invente ?

— Exactement...

Harry ne se montra pas à l'heure du déjeuner. Ni au dîner...

— Il est allé à Johnson City, lui apprit tante Grace.

— Ah ?

La vieille dame soupira.

— Oui. Pour chercher Eloïse à l'aéroport.

Katie ne tarda pas à monter avec John. Elle prit la précaution de fermer la porte de sa chambre à clé et elle fit bien car Harry, après l'avoir appelée à mi-voix, tenta de tourner la poignée. Sans résultat, bien entendu...

Elle cacha sa tête sous les couvertures.

« Je dors », tenta-t-elle de se persuader.

Bientôt, elle entendit un bruit de pas : Harry s'éloignait...

Le peu de matériel qu'elle transportait avec elle ne lui permettait pas de développer ses photos couleur. Elle avait confié le film de son panorama à un studio d'Erwin et, quand elle le récupéra, elle s'aperçut que l'un des clichés était à refaire. Prenant son courage à deux mains, elle alla expliquer le problème à Harry.

— Vous voulez retourner là-bas ? demanda-t-il. Facile...

— Cela m'ennuie de vous déranger, mais cette photo est juste au milieu du panorama...

— Allons-y maintenant, suggéra-t-il. Tante Grace peut s'occuper de John.

— Et Eloïse...

— Elle ne se lèvera probablement pas avant midi.

Katie alla chercher ses appareils. Pendant ce temps, Harry avait déjà sorti la Jeep. Ils reprirent le chemin qu'ils avaient emprunté l'autre jour.

Une fois arrivée à l'emplacement exact où elle avait patiemment assemblé son panorama, photo après photo, Katie fixa son Hasselblatt sur le trépied télescopique. Pour mettre toutes les chances de son côté, elle reprit des vues de l'ensemble.

— J'aimerais bien photographier cette crête avec le Minolta, déclara-t-elle, mais je ne suis pas assez grande. Je voudrais l'avoir sous un certain angle et...

— Vous devriez monter sur ces rochers, conseilla Harry en désignant une espèce de large plate-forme en pierre.

Elle fit une petite grimace.

— J'ai peur de tomber...

Harry éclata de rire.

— Je vais tenter l'escalade ! déclara-t-il.

Moins de trente secondes plus tard, il arrivait au sommet.

— Vous voyez, ce n'était pas compliqué ! Mais si vous voulez, je peux prendre la photo à votre place. Attachez l'appareil au bout de cette ficelle.

Il avait déroulé une solide ficelle qui se balançait maintenant dans le vide. Katie n'hésita pas à y fixer son Minolta.

Avec précaution, Harry hissa l'appareil jusqu'à lui. Un rocher s'ébranla sous son pied. Il eut le temps de se rejeter en arrière. Le rocher vacilla avant de tomber lourdement, puis de rouler sur la pente.

Il frappa Katie à la cheville. Elle hurla en s'affaissant, tandis qu'un voile noir obscurcissait sa vision.

Quand elle reprit conscience, elle était étendue sur le siège arrière de la Jeep. Harry venait de s'installer au volant. Il se tourna vers elle avant de mettre le contact et s'aperçut qu'elle avait ouvert les yeux.

— Ça va ? interrogea-t-il.

Elle hocha affirmativement la tête. Des larmes lui vinrent aux yeux tant sa cheville lui faisait mal...

— Dans quelques instants, cela ira mieux, assura-t-elle.

— Je vous emmène directement à l'hôpital.

— Ce n'est pas la peine, je...

— Pas de discussion !

Il mit le moteur en marche. Katie referma les yeux. Soudain, elle se sentait épuisée...

— Vous m'avez portée jusqu'ici ? s'enquit-elle d'une voix faible.

— Bien obligé ! Vous et vos deux appareils... J'ai le dos en marmelade, maintenant.

— Je... je suis désolée.

— Comme si c'était votre faute !

Une fois sur la route, il conduisit comme un fou, méprisant totalement les limitations de vitesse. A Erwin, il se dirigea directement vers l'hôpital et n'arrêta la Jeep que devant la porte du service des urgences.

— J'ai... j'ai moins mal, prétendit Katie.

— Ma chère, je serai tranquille après qu'on vous aura fait une radio !

— C'est ridicule ! Je...

— Pas de discussion ! répéta-t-il.

Le médecin de garde et une infirmière s'approchèreent et, moins de cinq minutes plus tard, on emmenait Katie sur une civière.

Quand elle quitta l'hôpital, elle avait un plâtre jusqu'au genou. Les radios avaient révélé une fracture et le médecin lui avait interdit de marcher pendant deux ou trois semaines.

— Mais je dois aller au mariage de ma sœur ! avait-elle protesté.

— Dans combien de temps ?

— Dans... six semaines maintenant.

— D'ici quinze à vingt jours, je vous mettrai un plâtre de marche.

— Et en attendant ?

— Interdiction de marcher. Tâchez de garder le pied surélevé le plus souvent possible. Reposez-vous... et si vous devez absolument vous déplacer, louez un fauteuil roulant !

— Charmant ! Me voilà invalide !

Il rédigea une ordonnance.

— Si vous souffrez, prenez deux de ces comprimés.

— Je...

Harry avait adressé un clin d'œil au médecin.

— Elle est agaçante, n'est-ce pas, James ?

— Mais bien jolie... avait répondu ce dernier d'un air entendu.

Harry King connaissait donc tout le monde dans la région ? Le garagiste, le médecin... et même le policier qui s'était bien gardé de glisser un papillon sous l'essuie-glace de la Jeep garée juste sous un panneau d'interdiction de stationnement.

— Bonjour, Harry! lança-t-il avec bonne humeur. Quand j'ai reconnu votre voiture, j'ai rangé mon carnet de contraventions.

— Heureusement !

Après avoir aidé la jeune fille à s'allonger à l'arrière du véhicule, Harry s'installa au volant.

— Maintenant, à la maison !

A la maison... Oui, cette vaste demeure perdue dans la montagne était devenue un véritable foyer pour Katie.

« Je ne peux pas m'y éterniser, pourtant ! songea-t-elle. Et le mariage de Marion... »

Mais comment partir, maintenant ? Même si sa voiture était réparée, elle serait incapable de la conduire avec ce plâtre si lourd qui lui immobilisait le pied et la jambe !

Tante Grace vint les accueillir.

— Quelle histoire ! s'exclama-t-elle en levant les bras au ciel... J'ai tout de suite appelé pour commander un fauteuil roulant comme tu me l'as demandé par téléphone. Mais il y a un petit problème...

— Lequel ?

— Parmi les trois modèles de fauteuils proposés, je n'ai su lequel prendre. Alors j'ai gardé les trois...

— Parfait ! fit Harry avec indifférence. Au moins, elle aura le choix.

Il examina les trois fauteuils et hocha la tête.

— Celui-ci est commandé électriquement. Vous pourrez ainsi vous déplacer à loisir...

Il prit la jeune fille dans ses bras et alla l'installer dans le premier fauteuil roulant — le plus perfectionné.

— Vous n'avez pas besoin de me porter ! protesta-t-elle. Je peux sauter à cloche-pied.

— James a dit que vous ne deviez pas marcher, rétorqua-t-il d'un ton sans appel.

Elle se mordit la lèvre inférieure, partagée entre l'envie de rire et celle de s'attendrir. Décidément, tout le monde était aux petits soins pour elle ici !

« Sauf Eloïse ! songea-t-elle. Je doute qu'elle montre autant de sollicitude... »

Tout haut elle demanda :

— Comment monterai-je les marches ? Ma chambre est au premier et...

Tante Grace l'interrompit :

— Je vous ai dressé un lit dans la salle à manger. Ainsi vous n'aurez pas besoin d'aller à l'étage.

Elle sourit.

— Et juste de l'autre côté, il y a une salle de bains ! Tout s'arrange pour le mieux, vous ne trouvez pas ?

Le petit John, qu'elle avait laissé seul dans le bac à sable, se mit à pousser des cris perçants.

— Que se passe-t-il encore ? soupira-t-elle.

Elle courut vers l'enfant. Un peu mal à l'aise, Katie se tourna vers Harry.

— Il faut que vous appreniez à manœuvrer votre fauteuil, lui dit ce dernier. Vous voyez ce bouton ?

Il se lança dans toute une explication qu'elle suivit tant bien que mal.

— Ce n'est pas sorcier, conclut-il.

— Non, mais...

— Mais quoi ?

Elle prit une profonde inspiration.

— Je me sens très gênée. Vous m'avez conduite à l'hôpital, vous avez loué pour moi trois fauteuils roulants et vous avez même modifié l'agencement de la maison pour que je n'aie pas d'étage à monter.

— Normal, non ?

Elle secoua la tête.

— Non, justement ! Après tout, si je me trouve ici, c'est à la suite d'un hasard. Je ne veux pas vous déranger davantage... Je crois que la meilleure solution serait que je rentre à la maison.

— Comment ?

Elle haussa les épaules.

— En ambulance, en avion ou par le train... Les infirmes voyagent aussi, vous savez. Ils ont le droit d'emprunter les moyens de transport.

Harry hocha la tête d'un air pensif.

— Je me doutais bien que vous protesteriez...

Un sourire éclaira son visage.

— Mais ne vous inquiétez pas, tout est arrangé.

— Comment cela ?

— J'ai téléphoné à votre mère.

Elle écarquilla les yeux.

— Vous... vous avez téléphoné à maman ? Où avez-vous trouvé son numéro ?

Il rougit légèrement sous son bronzage.

— Dans votre carnet d'adresses...

— Charmant !

— Pendant que vous étiez à l'hôpital, qu'on vous radiographiait sous toutes les coutures et qu'on vous plâtrait, j'ai eu le temps de réfléchir et de m'organiser, vous savez !

— Vous auriez pu me demander mon avis !

— Demande-t-on leur avis aux blessés qui se trouvent en salle d'opération ?

— Mais...

Il l'interrompit.

— Donc j'ai eu une longue conversation avec votre mère. Puis tante Grace lui a téléphoné à son tour. Et voici la conclusion de tous ces appels téléphoniques : votre mère souhaite que vous restiez ici. Tout comme votre grand-mère, tout comme tante Grace... et tout comme moi.

Son regard s'évada.

— Si je n'étais pas monté sur ces rochers, rien ne serait arrivé. Je me sens un peu responsable de votre accident, vous savez !

— Mais... protesta encore Katie, quoique plus faiblement.

— J'ai demandé à Mary Sutmore de venir aider tante Grace à tenir la maison.

— Mary Sutmore ?

— Une jeune fille du village voisin.

Katie se mordit la lèvre inférieure.

— Vous avez envie que je reste ? Vraiment ?

— Oui.

Elle hocha la tête.

— Très bien... Dans ce cas, je resterai encore un peu. Mais n'oubliez pas que je tiens absolument à assister au mariage de ma sœur !

— Bien sûr, bien sûr...

Il imprima au fauteuil roulant un léger mouvement en avant.

— Maintenant, au lit ! Vous devez vous reposer au maximum, a dit James. Et avec le pied surélevé !

Après toutes les émotions de la journée, Katie avait en effet bien besoin de repos et elle ne protesta pas. A peine s'était-elle allongée qu'elle s'endormit.

Elle ne se réveilla qu'à l'heure du dîner. Mary, la jeune fille engagée par Harry, lui apporta son repas sur un plateau. Le maître de maison avait tenu à l'accompagner pour prendre des nouvelles de la malade.

— Je suis beaucoup trop gâtée ! assura Katie. C'en est gênant !

John arriva à son tour. Il s'approcha du lit et regarda la jeune fille avec de grands yeux étonnés.

— Seigneur, il ne me reconnaît pas ! s'exclama-t-elle.

Une lueur passa à ce moment-là dans les yeux du petit garçon qui lui tendit les bras avec un rire heureux.

— Je l'emmène, décida Mary. Sinon vous ne pourrez pas dîner tranquillement. D'ailleurs, c'est l'heure de son bain.

Elle emmena le bébé et disparut. En revanche, Harry ne semblait aucunement pressé de partir. Il s'assit au bout du lit et enveloppa son invitée d'un regard plein de chaleur.

— Etes-vous bien ?

— Très...

— Que vous manque-t-il ? N'hésitez surtout pas à le dire !

Elle sourit.

— Que pourrais-je réclamer ? Vous avez pensé à tout. Mais je vous assure que cela me met mal à l'aise d'abuser ainsi de la patience de tout le monde. Et cette pauvre Mary qui doit m'apporter des plateaux...

Elle fronça les sourcils.

— J'ai remarqué qu'elle boite. Vous en êtes-vous aperçu ?

— Elle boite depuis sa naissance. Il s'agit d'une déformation osseuse congénitale...

— Quel dommage ! C'est une jolie fille et cet handicap lui gâche la vie !

— Je sais. Je suis justement en train de me renseigner sur les possibilités d'une opération.

— Ce serait merveilleux !

— Surtout, ne lui en parlez pas encore. Je ne voudrais pas lui donner de faux espoirs...

Katie termina son dîner avec appétit. Harry s'empara du plateau et déposa un baiser amical sur son front. Elle réprima une grimace. Elle ne tenait guère à ce genre de baisers fraternels...

Le lendemain matin, elle fut éveillée par un infernal craquement. C'était un bruit régulier, terriblement agaçant...

« D'où cela peut-il bien venir ? » se demanda-t-elle sans se résoudre à ouvrir les yeux.

Elle aurait aimé se rendormir mais ce vacarme l'en empêchait. Elle se décida enfin à soulever les paupières et s'aperçut que le soleil pénétrait à flots dans la grande pièce claire.

— Ah ! Vous voilà réveillée ! s'exclama tante Grace avec satisfaction. J'espère que le bruit de mon rocking-chair ne vous a pas gênée dans votre sommeil... J'ai eu envie de venir tricoter un peu près de vous.

Elle lui adressa un grand sourire.

— Bonjour !

— Bonjour, fit la jeune fille. Le bruit de votre rocking-chair ne m'a gênée du tout, mentit-elle. Il était dans cette pièce ? Je ne l'avais pas remarqué hier.

— Non, j'ai demandé à Harry de l'apporter ici. Il l'a fait tomber et cela ne vous a même pas réveillée ! Grâce au ciel... Puis je suis venue m'installer près de vous et j'ai laissé choir mes aiguilles. Cela ne vous a pas réveillée non plus !

— Que tricotez-vous ? s'enquit Katie. Une écharpe ?

— C'est une manche, voyons ! En réalité, je ne tricote guère. La dernière fois que j'ai fait un chandail pour Harry, l'une des manches avait au moins deux mètres de long, si bien qu'il n'a jamais voulu le porter. Maintenant, je tricote seulement quand je me sens déprimée.

— Vous l'êtes aujourd'hui ?

— Evidemment, sinon je ne serais pas venue vous déranger si tôt !

— Quelle heure est-il ?

— Huit heures du matin.

— Déjà ! Mais pourquoi parlez-vous si bas, tante Grace ?

— Cela vaut mieux : les murs ont parfois des oreilles dans cette maison.

Elle prit une profonde inspiration.

— Savez-vous pourquoi je suis déprimée ? Parce qu'Eloïse est toujours là. Il faut absolument empêcher Harry de l'épouser.

Pour vous
EN CADEAU
de la part de
Harlequin
Oui, ce précieux livre relié vous est offert sans aucune obligation d'achat ultérieur.
plus, EN CADEAU DÉFINITIF,
cet élégant vaporisateur de poche.

— Ils sont tous les deux largement majeurs, fit Katie avec amertume.

— Vous devez m'aider, mon petit. Voulez-vous voir Harry malheureux ?

— Non, bien sûr...

— Il le serait sûrement avec cette femme. Par conséquent, nous devons agir. J'ai réfléchi au problème et j'ai mis sur pied un petit plan qui devrait réussir...

Un sourire satisfait étira ses lèvres parcheminées.

— Si Harry avait l'occasion de vous connaître un peu mieux, il tomberait certainement amoureux de vous.

— Tante Grâce ! protesta la jeune fille.

— Tsst, tsst ! Je ne suis pas aveugle. J'ai bien remarqué qu'il s'intéressait à vous.

— Quand Eloïse n'est pas là, il cherche à s'amuser. Cela ne va pas plus loin !

— Vous lui plaisez ! insista la vieille dame. Et j'aimerais beaucoup que vous deveniez sa femme...

— Que devient Eloïse, dans tout cela ? Vous croyez qu'elle abandonnerait la partie aussi facilement ?

— Ne parlons pas d'Eloïse, mais de vous. Tout d'abord, bravo pour la cheville cassée ! Ainsi vous êtes clouée ici pour un certain temps !

Elle se frotta les mains.

— Cela arrange nos petites affaires !

— Vous pensez que j'ai fait exprès de me casser la cheville ?

— Non, mais c'est tombé à point.

— Tante Grace ! répéta Katie, choquée.

— Dites-moi, mon petit, que savez-vous faire ?

— Ce que je sais faire ? Comment cela ?

— Quels sont vos points forts pour attirer et retenir un homme ?

La jeune fille secoua la tête.

— Je n'en ai guère !

Et, avec un petit rire, elle ajouta :

— Je sais tenir une maison, faire la cuisine, coudre...

— Tout cela sera très utile plus tard, quand vous serez mariée. Avez-vous d'autres cordes à votre arc ?

Amusée malgré elle, Katie continua à énumérer ses connaissances :

— Je suis bonne photographe...

— Cela ne sert pas à grand-chose ici. Quand Harry a besoin de photos, il fait appel à un professionnel de Johnson City. Quoi encore ?

— J'aidais mon père à tenir le secrétariat et la comptabilité de sa petite affaire. J'ai même suivi un cours de gestion !

— Nous y sommes ! s'exclama tante Grace triomphalement. Voilà exactement ce qu'il faut !

Elle se tapota le sommet de la tête avec l'une de ses aiguilles à tricoter.

— Vous allez seconder Harry ! Il a justement besoin d'une secrétaire !

— Mais...

— Laissez-moi faire, mon petit ! Laissez-moi faire... Vous allez voir ! Tout va s'arranger, je le sens !

— Et Eloïse ?

La vieille dame soupira.

— L'ennui, c'est que je ne sais pas exactement ce que Harry a promis à Edwin !

— Edwin ?

— C'était le meilleur ami de Harry. Un coureur automobile... Hélas, il s'est fait tuer au Mans dans une course. Avant sa mort, il a fait promettre à Harry...

— Quoi donc ?

— Justement, je l'ignore !

Tante Grace se leva en faisant grincer le rocking-chair de plus belle.

— Je crois que nous avons trouvé la parade, conclut-elle.

Elle jeta son tricot dans une corbeille et esquissa un pas de danse. Pour la centième fois, peut-être, Katie se dit qu'elle était vraiment tombée dans une maison de fous...

6

Ce fut seulement trois jours après l'accident que Katie se sentit assez sûre d'elle pour s'aventurer dehors.

Harry et Eloïse avaient disparu tout de suite après déjeuner. Tante Grace était allée se reposer. Katie se trouva donc réduite à la seule compagnie de John et de Mary.

Le fauteuil roulant fascinait le petit garçon. Il grimpait sur les genoux de la jeune fille et attendait qu'elle actionne les commandes de l'appareil. Alors, au comble du ravissement, il criait à perdre haleine : « Tchou-tchou-tchou... »

— Il se prend pour un train ! fit Katie en riant.

— Quoi d'étonnant, avec un oncle comme Harry King ! Avez-vous vu son atelier ? Il est rempli de petits trains.

— Ainsi, c'est à cela qu'il s'amuse... A-t-il d'autres jouets ?

— Son atelier en déborde. Il y a des avions, des appareils de radio amateur, des voitures... etc. !

— Le connaissez-vous depuis longtemps, Mary ?

— Depuis toujours. Ma mère travaillait ici autrefois, à l'époque où Mme King vivait toujours.

Elle hocha la tête.

— Vous savez, M. Harry est un homme formidable !

— Ah ?

— Il a décidé que sa tante devait voir la Foire Mondiale à Knoxville. Mais comme elle ne peut pas voyager seule, c'est moi qui l'accompagnerai. Imaginez un peu ! Voyage en avion, cinq jours tous frais payés dans un hôtel de luxe. Après cela, tante Grace prendra le chemin du retour...

— Vous ne reviendrez pas avec elle ?

— Non, moi j'irai directement à Atlanta. M. Harry connaît un médecin qui va m'opérer le pied. C'est un homme merveilleux, vraiment !

Harry, un homme merveilleux ? Selon Mary, tout au moins. Mais c'était également l'avis de tante Grace. Et celui d'Eloïse.

« Et moi ? » s'interrogea Katie.

Elle serra les dents et murmura :

— Je ne sais pas. Je ne veux pas le savoir.

— Que dites-vous ? s'enquit Mary.

— Euh... quel est cet oiseau, là-bas ?

— Un cardinal.

Changeant brusquement de sujet de conversation, Mary demanda :

— Est-ce vrai que vous jetez des sorts ?

— Non. Vous n'allez pas croire des choses pareilles ? C'est de la superstition ! Ridicule...

— Mais vous avez jeté un sort à M. Harry ! Vous lui avez donné une crise d'urticaire... Puis vous l'avez guéri.

— Qui vous a raconté cela ? Tante Grace ?

— Oui.

— Il ne faut pas ajouter foi à de pareilles bêtises.

Harry apparut à la porte du sous-sol.

— Katie !

— Oh ! Il a l'air furieux ! s'exclama Mary en riant. Allez-y... Je m'occupe de John.

Elle prit le bébé et disparut. Harry rejoignit la jeune fille à grandes enjambées. Il fulminait.

— Que signifie cette nouvelle histoire ? Selon tante Grace, vous seriez une secrétaire confirmée ?

Il croisa les bras.

— C'est aussi difficile à croire que le reste ! J'en étais presque venu à vous prendre pour une vraie photographe. Et soudain... redistribution des cartes !

— Je suis photographe professionnelle, soupira-t-elle. Mais j'ai fait aussi une école de secrétariat. Vous voulez voir mon diplôme ?

Il la menaça du doigt.

— Cessez de vous moquer de moi. J'arriverai bien à vous percer à jour ! En attendant, venez ! ordonna-t-il.

Elle ne bougea pas.

— Qu'attendez-vous ? lança-t-il. Allons, suivez-moi !

— Où ? Pour quoi faire ?

— Pour m'aider ! J'ai besoin d'une secrétaire. Je suis littéralement noyé sous une avalanche de papiers de toute sorte.

— Eloïse ne peut pas s'occuper de cela ?

— Eloïse ? Qu'elle aille au diable ! grommela-t-il.

— Je pense exactement comme vous. Par où commençons-nous ?

— Venez voir mon bureau.

On pouvait l'atteindre par une rampe d'accès dans laquelle Katie manœuvra aisément son fauteuil roulant. Elle se trouva bientôt dans un énorme atelier en sous-sol qui occupait toute la surface de la maison. Et elle tomba en arrêt devant une série de petits trains qui se croisaient et s'entrecroisaient dans un paysage reproduisant à l'échelle exacte villes, gares, usines, plaines et montagnes...

— Oh ! Quels beaux jouets ! s'exclama Katie.

— Ne m'insultez pas, je vous prie.

— Mais...

— Ce ne sont pas des jouets, voyons ! Mais des modèles réduits reproduisant exactement les vrais trains.

— Vous vous amusez quand même...

— Pas du tout ! coupa-t-il en riant.

— Il a bien fallu que vous les mettiez en marche et...

— Un ordinateur dirige tous leurs mouvements. Je suis en train de mettre au point un nouveau système de communication.

Il lui montra une petite boîte noire surmontée d'une antenne.

— Avec cela, je peux contrôler la marche de tous les trains d'un réseau. Cette boîte reçoit également les informations communiquées électroniquement par les locomotives.

— C'est bien compliqué.

Elle s'entêta.

— Mais cela reste un jeu !

— Vous croyez ? Imaginez ce système adapté au contrôle des missiles ! Ma petite Katie, vous devriez réfléchir avant de dire n'importe quoi. Les choses ne sont pas toujours aussi simples qu'elles en ont l'air. Au lieu de jouer, je travaille en ce moment pour le ministère de la Défense...

La jeune fille était maintenant très impressionnée.

— Trêve de discours ! s'exclama soudain Harry. Etes-vous toujours décidée à m'aider ?

— Euh... oui.

Il l'entraîna dans une petite pièce entièrement vitrée. Sur le bureau s'empilaient des papiers et des dossiers jusqu'à hauteur d'homme. Une fine couche de poussière recouvrait le tout.

— Voilà ! Tâchez de mettre de l'ordre dans tout cela.

Là-dessus, il tourna les talons.

— Attendez ! s'écria Katie. De quoi s'agit-il ? Que dois-je faire ?

— Je n'en sais pas plus que vous. Jetez un coup d'œil à ces paperasses et essayez de comprendre de quoi il en retourne.

Il referma la porte et s'éloigna, la laissant seule devant ces montagnes de papiers... Elle jura à voix haute, répétant avec une satisfaction perverse tous les vilains mots que ses parents lui avaient autrefois interdit de prononcer.

Puis elle s'empara d'un chiffon et se mit d'abord en devoir de faire le ménage. Le bureau était parfaitement équipé. Elle y trouva une machine à écrire à mémoire, une calculatrice, une photocopieuse et même un terminal d'ordinateur.

Le temps de tout nettoyer et l'heure du dîner arriva sans qu'elle ait touché à un seul papier.

Tante Grace avait mis le couvert pour trois.

— Harry et Eloïse ne sont pas là ? s'étonna Katie.

— Ils sont allés passés le week-end à Atlanta. Comme d'habitude...

Le poulet rôti que la jeune fille jugeait si savoureux un instant auparavant lui parut soudain avoir le goût de carton.

Ainsi, Harry était parti avec Eloïse !

« Mais cela m'est égal ! tenta-t-elle de se persuader. Cela m'est complètement égal... »

Elle se souvint soudain des paroles de Harry : « Tous les problèmes d'Eloïse se trouvent enfin résolus. Je lui ai donné un gros chèque et elle est en train d'acheter son trousseau. Etes-vous contente pour elle ? »

Seigneur... Et elle avait oublié cela ? C'était pourtant le glas de tous ses espoirs.

Elle crispa les mâchoires.

« Je vais rester encore quelques jours. Le temps de mettre ses papiers en ordre et de me sentir plus à l'aise avec mon plâtre. Puis je partirai ! »

Elle passa la plus grande partie du week-end enfermée dans le bureau. Tante Grace vint l'y rejoindre le lundi après le déjeuner.

— Cela ne va pas, décréta-t-elle. Cela ne va pas du tout ! Le but de l'opération était de vous rapprocher d'Harry. Or vous restez ici toute seule et lui, pendant ce temps, se promène en compagnie d'Eloïse !

— Il n'est pas dupe, vous savez. Il nous a vues discuter ensemble...

— Il n'est pas fâché, pourtant, de vous voir travailler pour lui.

— Cela lui rend service. Il profite de moi, voilà tout !

Elle soupira.

— Savez-vous qu'il a donné de l'argent à Eloïse pour qu'elle s'achète un trousseau ?

— Cela ne veut rien dire, assura tante Grace. Tant que l'irréparable n'est pas accompli, il reste de l'espoir !

Elle se mordit la lèvre inférieure d'un air pensif.

— Votre potion magique a été efficace, vous savez ! Son urticaire a complètement disparu.

Katie haussa les épaules.

— Avec ou sans potion, cela aurait disparu de toute manière !... Il ne m'a même pas remerciée ! Quand je pense que...

La voix d'Harry s'éleva, à la fois rieuse et triomphale.

— Ah, je vous y prends, toutes les deux ! Encore à comploter ?

— Tu m'as fait peur, Harry ! s'écria tante Grace. Combien de fois faudra-t-il te répéter de ne pas effrayer ainsi les gens ?

Elle consulta sa montre et se dirigea vers la porte d'un pas pressé.

— J'ai à faire. Je vous laisse...

Harry s'approcha du bureau où Katie avait classé les papiers en trois piles.

— Moi aussi, j'ai à faire, marmonna-t-elle.

Elle s'apprêta à appuyer sur le bouton actionnant son fauteuil roulant. Harry l'en empêcha.

— Vous n'allez pas partir !

— Mais...

— Pas avant que je vous embrasse comme il faut !

Il s'agenouilla près de la chaise et la prit dans ses bras. Doucement, très doucement, ses lèvres frôlèrent celles de la jeune fille.

Elle n'eut pas le courage de se rejeter en arrière comme sa raison le lui ordonnait. Les yeux clos, elle frissonnait dans les bras d'Harry.

Puis elle songea à Eloïse. Cet homme se moquait d'elle ! Et aussi de sa fiancée...

Brusquement, elle se détourna.

— Laissez-moi ! ordonna-t-elle.

— Voyons, Katie...

Il se releva en soupirant bruyamment.

— Nous avons là un petit problème... Tant pis ! Mettons-nous au travail.

— Cela vaudra mieux, murmura-t-elle entre ses dents serrées.

Elle alla s'installer derrière le bureau, et Harry vint l'y rejoindre. Dans un geste plein de naturel, il posa sa main sur l'épaule de la jeune fille. Cette dernière s'efforça de ne pas se laisser troubler.

— Comme vous le voyez, j'ai fait trois piles, expliqua-t-elle. Voici la plus simple...

— Ah ? De quoi s'agit-il ?

— Du règlement de certaines de vos inventions. Vos clients vous ont envoyé des chèques, pour un total de...

Elle se pencha pour jeter un coup d'œil à la calculatrice.

— ... de quatorze mille six cent cinquante dollars.

— Pas mal ! Envoyez les chèques à la banque et

faites parvenir un mot de remerciement à ceux qui me les ont adressés.

— Qu'est-ce que j'écris ?

— Juste « merci ».

— Rien d'autre ?

— Inutile.

— Comme vous voulez, fit Katie en haussant les épaules.

Elle s'empara de la seconde pile.

— Voici maintenant vos obligations mondaines.

— Quoi ?

— J'ai fait le tri. Vingt-deux invitations à des soirées ou à des bals. Seize lettres d'universités vous proposant de faire des conférences. Et un carton vous conviant au grand bal du gouverneur.

— Le bal du gouverneur ? Cela vous plairait, Katie !

— Avec une jambe dans le plâtre ?

Elle eut un petit rire narquois.

— Et si je ne me trompe, cette soirée a eu lieu mercredi dernier.

Elle posa sa main à plat sur les papiers.

— Que dois-je faire avec cela ?

— A la corbeille !

Joignant le geste à la parole, Harry jeta toutes les invitations.

— Ceux qui tiennent vraiment à ma présence m'écriront de nouveau. Ensuite ?

— Pourquoi avez-vous essayé de m'embrasser, Harry ? demanda-t-elle brusquement.

— Pourquoi ? Voyons... Je pourrais dire que vous êtes la seule femme dans un rayon de plusieurs mètres. Ou bien que cela me plaît de vous embrasser. A moins que vous ne vous attendiez à une déclaration d'amour ?

— La première raison me semble la plus plausible, soupira-t-elle.

Elle se redressa.

— Comment osez-vous parler d'amour alors que vous êtes fiancé avec Eloïse ?

— C'est ce qu'elle prétend. La croyez-vous ?

— Je ne sais pas, murmura-t-elle.

Il s'empara de ses mains.

— Du calme, du calme... Un jour vous comprendrez tout !

Son regard s'évada.

— J'ai fait des promesses que je dois tenir. Quand tout sera arrangé, je vous dirai laquelle de ces raisons est la bonne. En attendant, pourquoi ne pas les accepter toutes les trois ?

— Seigneur ! s'exclama Katie en cachant son visage entre ses mains.

Harry s'empara de la troisième pile de papiers. Il la feuilleta rapidement et hocha la tête.

— Toutes ces lettres demandent des réponses. Etes-vous prête ?

Automatiquement, elle s'empara d'un bloc et d'un crayon.

— Je vous écoute.

En moins d'une heure, il vint à bout de son courrier. Pour chaque lettre, il s'était contenté de donner à Katie le nom et l'adresse de son correspondant, ainsi que sa réponse, qui selon les cas se résumait soit à « oui », soit à « non ».

— Sans autre discours ? s'enquit-elle.

— A quoi bon !

— Mais...

— Si cela vous semble trop bref, écrivez en lettres capitales.

— Dois-je faire des doubles ?

— Pour les réponses affirmatives, oui. Pour les autres, jetez la lettre après y avoir répondu. D'autres questions ?

Elle secoua la tête.

— Des questions ? Comment oserais-je ? Tout est parfaitement clair...

Elle esquissa un sourire.

— Mais vous avez une façon de traiter votre courrier ! Jamais je n'ai vu cela.

— On en apprend tous les jours, ma chère. Je ne suis pas homme à m'encombrer de papiers inutiles.

— En effet...

Il lui tapota l'épaule.

— Vous êtes une bonne secrétaire.

Là-dessus, il partit en sifflotant. Katie se mit immédiatement au travail. En fin d'après-midi, la fatigue commença à se faire sentir et elle décida de remonter prendre l'air avant la tombée de la nuit. Elle s'installa au bord de la piscine et manœuvra son fauteuil de manière à ce que son pied soit surélevé comme l'avait recommandé le médecin.

Ce fut dans cette position qu'Eloïse la trouva dix minutes plus tard.

— Pauvre Katie ! Vous êtes restée enfermée toute la journée ? En voilà une vie pour une infirme... Voulez-vous que j'aille vous chercher quelque chose à boire ?

Etonnée par cette soudaine sollicitude, la jeune fille hocha la tête.

— Volontiers ! Je prendrais bien une tasse de café.

— Je vous l'apporte tout de suite.

Elle se dirigea vers la cuisine en ondulant des hanches. Katie la suivit des yeux.

« Pourquoi est-elle si gentille ? se demanda-t-elle avec suspicion. C'est louche... »

Eloïse ne tarda pas à revenir avec deux tasses de café.

— Merci ! lui dit Katie.

La jeune femme se laissa tomber dans une chaise longue.

— Comme tout est calme ici ! Cela fait du bien, je vous assure, après un séjour à Atlanta ! J'ai tourné une « pub » pour la télévision et j'ai cru devenir folle. Il a fallu recommencer cinquante fois sous des projecteurs aveuglants... Quelle vie !

— Cela ne semble pas de tout repos, en effet...

— Vous ne pouvez pas vous imaginer ! Des heures de travail pour un film qui durera à peine deux minutes.

Elle haussa les épaules.

— Heureusement, c'est bien payé !

— Et cela doit être amusant de se voir ensuite à l'écran.

— Au début, oui. Après on n'y fait plus attention.

Sa voix se chargea de condescendance.

— Pour vous qui travaillez huit heures par jour dans un bureau sombre et poussiéreux, le métier d'actrice doit sembler un métier de rêve !

— La plupart du temps, je travaille en plein air, corrigea Katie.

— Mais je croyais que vous étiez secrétaire !

— Non, photographe.

— Harry m'a dit...

Elle eut un geste indifférent de la main.

— Oh ! Après tout c'est sans importance...

— Avez-vous passé un bon week-end à Atlanta ? s'enquit Katie.

— Fabuleux... Harry tient absolument à ce que je renouvelle totalement ma garde-robe et il a raison ! Une femme a besoin de tout un trousseau quand elle se décide à faire le grand plongeon...

Katie baissa la tête. Elle avait grand-peine à retenir ses larmes. Ainsi, c'était certain : Harry allait épouser Eloïse.

« Et il a malgré tout tenté de m'embrasser aujourd'hui ! se dit-elle avec dégoût. Maintenant, comment pourrais-je m'intéresser à un autre homme ? Toujours, je ferai des comparaisons. Et toujours, il l'emportera... »

— Oh ! Mais j'allais oublier de vous montrer ma bague ! s'exclama Eloïse.

Elle leva sa main gauche à hauteur des yeux de Katie.

— Regardez !

A son annulaire brillait un énorme solitaire.

— Qu'en dites-vous ? Joli, n'est-ce pas ?

— Très... très joli, réussit à balbutier Katie.

7

— Tchou, tchou... criait John en battant des mains.

Assis sur les genoux de Katie, il ne se lassait pas d'aller et venir. Ce fauteuil roulant l'amusait plus que tous ses jouets.

— Tchou, tchou !

— Attention ! s'écria Harry. Le conducteur de cette locomotive ne sait pas manœuvrer son engin !

— C'est vous qui vous mettez sur les rails ! rétorqua Katie avec bonne humeur.

Elle coupa le moteur électrique, à la grande déception de John.

— J'ai à vous parler, Katie, déclara Harry.

Elle le regarda avec froideur.

— Ah ?

— Un problème, Katie ?

— Mais non.

— Alors posez le bébé par terre et suivez-moi.

— Sûrement pas. Je dois m'occuper de John. La personne qui devait le surveiller ce matin l'a déjà laissé seul...

— Eloïse ? Où est-elle passée ?

— Je n'en sais rien, vous devriez la suivre à la trace...

— Et pourquoi devrais-je...

Il s'interrompit en secouant la tête.

— N'essayez pas de détourner la conversation, jeune fille ! Dites-moi d'abord pourquoi vous êtes fâchée.

— Mais je ne le suis absolument pas, monsieur King.

Elle le fixa droit dans les yeux.

— En tout cas, soyez prévenu ! Dès que la mère de John reviendra, je téléphonerai chez moi en demandant qu'on vienne me chercher.

Harry passa la main dans ses cheveux en désordre.

— Katie ! Vous m'en voulez parce que je vous ai laissée seule ? Mais il fallait que j'aille acheter des pulls et...

— Je comprends parfaitement, coupa-t-elle. Dommage que vous n'ayez pas eu le temps d'acheter ces pulls à Atlanta au cours de votre razzia des magasins.

Il plissa les paupières.

— Ma razzia des magasins ? Qui vous a parlé de cela ?

— Devinez.

— Eloïse, bien sûr ! s'exclama-t-il.

Il haussa les épaules.

— Ecoutez, il fallait qu'elle renouvelle sa garde-robe !

— Bien entendu. Elle m'a montré aussi sa bague de fiançailles.

Harry sourit.

— Enfin ! Elle se décide à ne plus faire de mystères ! L'avez-vous félicitée ?

« Quel sadique ! » songea-t-elle avec désespoir. Et, tout haut, elle déclara :

— Naturellement. J'ai été élevée correctement, figurez-vous.

Sa voix était pleine d'amertume mais Harry ne parut rien remarquer.

— Vous devriez tâcher de comprendre Eloïse,

murmura-t-il. La vie n'a pas toujours été tendre avec elle, loin de là ! Elle vient d'une famille très pauvre... Son père était ouvrier agricole. Il se louait à la journée, à la semaine, allant ici et là selon les besoins. Eloïse a dû travailler très dur pour arriver là où elle est.

— Je comprends, je comprends... Et je vous adresse mes félicitations les plus sincères à vous deux !

— Tchou, tchou... supplia John.

Elle le serra très fort dans ses bras.

— Oui, John... Tchou, tchou !

Elle fit pivoter adroitement son fauteuil roulant puis s'éloigna.

— Attendez ! cria Harry. Pourquoi me félicitez-vous, moi aussi ?

— Parce que vous avez bien de la chance d'épouser une aussi jolie fille.

— Attendez ! répéta-t-il. Vous ne...

Il n'eut pas le temps d'en dire plus. Une jeune femme venait d'apparaître et, déjà, John lui tendait les bras :

— Maman !

Elle laissa tomber ses valises et courut vers son fils. Après l'avoir câliné, elle se tourna vers la jeune fille.

— C'est vous Katie ? J'ai téléphoné hier à Harry et il n'arrêtait pas de parler de vous... Merci d'avoir gardé ce petit démon.

En souriant, elle lui tendit la main.

— Je suis Amanda, la sœur de Harry.

Cela, Katie l'avait déjà deviné. La ressemblance était frappante entre le frère et la sœur. Ils avaient les mêmes yeux bleus, les mêmes cheveux flamboyants, le même sourire communicatif...

— John est adorable, c'est un plaisir de s'occuper de lui, assura-t-elle.

— Je pensais que tu allais nous le laisser jusqu'à sa majorité, Amanda ! intervint Harry, sarcastique.

— Je t'en prie, pas de plaisanterie déplacée ! soupira sa sœur.

Et, à l'adresse de Katie :

— Mon mari pensait être envoyé à Richmond. Au lieu de cela il a été licencié !

Elle se tourna vers Harry.

— Nous resterons ici deux ou trois jours, si cela ne t'ennuie pas.

Un pli barra son front.

— Ne prends pas cet air réprobateur, Harry ! Par moments, j'ai l'impression que je ne compte pas du tout pour toi ! Je suis ta sœur, pourtant, et...

— Tu es ma sœur et je t'adore, affirma-t-il. C'est ton idiot de mari que je ne peux pas supporter. Où est-il en ce moment ?

— Il décharge les bagages. Tâche d'être gentil avec lui ! Quand il a appris qu'il était licencié, son orgueil en a pris un coup, crois-moi !

— Tiens, le voilà... grommela Harry.

Katie se tourna vers la porte et écarquilla les yeux, tandis que sa bouche s'ouvrait en grand pour une exclamation qui ne vint pas.

Il la reconnut au même instant.

— Katie ! s'écria-t-il. Mais que fais-tu ici ?

— Eubie... balbutia-t-elle, n'en croyant ni ses yeux ni ses oreilles. Eubie Fairfield !

Cette fois, c'en était trop ! Au cours des derniers jours, elle avait eu l'impression d'aller de coup de théâtre en coup de théâtre. Cela ne finirait donc jamais ?

Sans réfléchir davantage, elle actionna son fauteuil roulant et fila se réfugier dans sa chambre. Elle avait fermé la porte à clé et avait bien fait.

A peine se trouvait-elle seule que Harry tentait de forcer sa porte.

— Katie !

— Laissez-moi tranquille.

— Ouvrez, voyons ! Nous devons discuter sérieusement.

— Allez discuter avec Eloïse !

— Bonne idée ! clama-t-il de toute la force de ses poumons.

Elle l'entendit s'éloigner. Puis il se mit à appeler Eloïse à travers toute la maison.

Maintenant, Katie ne cherchait plus à retenir ses larmes. Mais sur qui pleurait-elle ? Sur Eubie ? Sur Harry ? Ou sur elle-même ?

Elle n'avait pas sa place dans cette maison. Elle n'avait d'ailleurs plus rien à y faire... Son grand tort avait été d'accepter de prolonger son séjour.

— Et pour arriver à quel résultat ? soupira-t-elle en essuyant ses larmes.

John avait retrouvé sa mère. Eubie était marié... Harry fiancé... Tante Grace ne songeait plus qu'à son départ pour la Foire Mondiale, tout comme Mary.

— Je n'ai plus qu'à retourner chez moi ! Je vais tout de suite téléphoner pour qu'on vienne me chercher.

Elle souleva le combiné et forma le numéro. Mais à l'autre bout du fil, la sonnerie résonna inlassablement sans que personne vienne décrocher.

Elle recommença. Cette fois, elle ne put obtenir la tonalité. A bout de patience, elle martela l'accoudoir de son fauteuil avec son poing fermé.

— Il faut que je trouve une solution ! fit-elle à haute voix.

Elle se dirigea vers la fenêtre et contempla le pont qui menait à la liberté. Sur le parking, de l'autre côté, se trouvaient garées plusieurs voitures : la sienne, enfin réparée, la Mercedes de Harry, la vieille voiture que tante Grace utilisait pour faire les courses, et une Jaguar toute neuve, étincelante de chromes.

— Je ne peux pas conduire ma Volkswagen avec

cet énorme plâtre. Mais je n'ai qu'à partir au volant de la Mercedes, puisqu'elle est automatique !

Sans réfléchir davantage, elle commença à jeter ses vêtements dans ses valises.

A ce moment-là, on frappa à la porte.

— Qui est là ? interrogea-t-elle.

— Mary.

Elle alla lui ouvrir.

— Que voulez-vous, Mary ?

— Seulement un peu de calme... J'en ai assez de vivre dans cette maison de fous !

— A qui le dites-vous ! soupira Katie. Qu'y a-t-il de nouveau ?

— M. Harry a emmené Eloïse dans la bibliothèque et lui a fait une scène terrible. Tous les murs en tremblaient !

— Pourquoi, une scène ?

— Je n'en sais rien. Par contre, j'ai entendu votre nom à plusieurs reprises.

Elle eut un demi-sourire.

— Maintenant Eloïse s'est enfermée dans sa chambre et refuse d'en sortir.

— Et M. King ?

— Il est resté dans la bibliothèque avec une bouteille de whisky ! Il boit directement au goulot... Ah ! Il va être dans un bel état !

Elle secoua la tête.

— Ce n'est pas tout ! Miss Amanda se dispute de son côté avec son mari ! Et là aussi, votre nom est revenu à plusieurs reprises dans la conversation...

Katie fit mine de se boucher les oreilles.

— Je n'irai pas dîner ce soir, Mary !

— Oh ! Il y a justement des côtelettes au barbecue ! Et j'ai mis la table dans le patio...

— Je n'ai pas faim...

Tante Grace les rejoignit en valsant. Elle battit les mains.

— Bravo, Katie ! s'exclama-t-elle d'un ton pénétré. Bravo, vous avez gagné !

— J'ai gagné ?

— Vous avez réussi à semer la pagaille ! Ils sont tous en train de se chamailler ! Bravo...

La jeune fille secoua la tête.

— Je ne comprends pas pourquoi vous vous réjouissez.

Et, tristement, elle soupira :

— Tout le monde m'en veut ! Eloïse, Harry, Amanda et même Eubie...

Un soupir gonfla sa poitrine.

— Je préfère ne pas me montrer à l'heure du dîner.

— Si, il faut que vous dégustiez mes côtelettes ! s'écria Mary.

— Ne vous inquiétez pas, elle viendra, assura tante Grace.

— Nous verrons, nous verrons... marmonna Katie.

Après le départ des deux femmes, elle termina ses valises. Puis elle sortit par-derrière. Toutes les clés des voitures se trouvaient suspendues dans le hall. Sans hésiter, elle prit celles de la Mercedes puis elle actionna son fauteuil roulant en direction du pont.

Personne ne l'avait vue...

Elle eut quelques difficultés à s'installer sur le siège du conducteur. Le poids de son plâtre la gênait terriblement.

En serrant les dents, elle parvint à s'asseoir. Elle fit une petite grimace. Cet exercice avait réveillé la douleur et, bien entendu, elle avait oublié dans sa chambre les médicaments prescrits par le médecin...

— Tant pis !

Avant de mettre le moteur en marche, elle s'exerça à manœuvrer son pied valide, allant de la pédale d'accélérateur à celle du frein. Puis elle hocha la tête.

— Cela pourra aller...

Elle tenta alors d'introduire la clé de contact dans le tableau de bord mais n'y réussit pas du premier coup.

— Un peu plus à droite, conseilla Harry.

Elle sursauta, soudain très rouge. Elle ne l'avait pas entendu approcher...

— Alors vous empruntez ma voiture ? demanda-t-il, ironique.

— Je... je rentre chez moi.

— Pas dans ma voiture !

— Je vous la rendrai !

Il ouvrit la portière et se pencha vers elle.

— On essaie de se sauver, Katie ? Le salut dans la fuite ?

Doucement, il lui caressa les genoux.

— Savez-vous que vous avez de très jolies jambes.

— Ne me touchez pas !

— J'y suis bien obligé.

Il la prit dans ses bras et, sans effort apparent, la transporta jusqu'au fauteuil roulant.

— Maintenant, à table, Miss Russel ! Tout le monde vous attend...

Il s'empara des valises et la poussa en direction du pont.

— Allez, en route ! Je n'admets pas de résistance. D'ailleurs, autant mettre tous les atouts de mon côté...

Il referma la lourde grille en fer forgé et fit tourner la clé dans l'énorme serrure.

— Que... que faites-vous ? balbutia Katie.

— Vous le voyez bien. Je vous enferme. Je *nous* enferme tous...

— Je suis prisonnière ? demanda-t-elle d'un ton glacial.

— Non. Vous êtes mon invitée... Et j'ai promis à votre mère de prendre bien soin de vous.

Il poussa le fauteuil en avant.

— Mettez donc votre engin en marche !

Elle obéit sans protester davantage. Puisque sa tentative de fuite avait échoué, il ne lui restait plus qu'à faire bonne figure.

Tout le monde se trouvait à table. Même Eloïse... Un silence quelque peu tendu régnait. Seule tante Grace le coupait en jetant de temps à autre une réflexion qui n'obtenait aucun écho.

— Les côtelettes sont excellentes, déclara Katie du bout des lèvres. Vous êtes bonne cuisinière, Mary !

— Il s'agit d'une recette du Tennessee. Je vous la donnerai, si vous voulez.

— J'adore la viande grillée au barbecue. Mais elle n'est pas aussi bonne qu'en Caroline du Nord, n'est-ce pas, Katie ? lança Eubie.

La jeune fille leva les yeux au ciel. Ce pauvre Eubie manquait totalement de tact !

— Ainsi, vous connaissiez mon mari ! s'exclama Amanda. Quelle surprise... Dans quelles circonstances vous êtes-vous rencontrés ?

— Euh... je...

— Il faut aussi que vous me disiez par quelle coïncidence vous êtes arrivée chez Harry, poursuivit Amanda.

Ce dernier fronça les sourcils.

— Katie, vous connaissiez Eubie ?

— Oui... Auriez-vous oublié que je suis photographe spécialisée en reportages sportifs ?

— C'est vrai ! s'écria-t-il d'un ton acide.

Il la fixa d'un air de reproche et elle détourna la tête. Tante Grace se mit alors à parler de son prochain voyage. Elle avait lu toutes les brochures concernant la Foire Mondiale et se révélait intarissable sur le sujet.

Les yeux de Katie tombèrent sur la main d'Eloïse et elle haussa les sourcils.

— Vous ne portez pas votre bague de fiançailles, Eloïse ? s'étonna-t-elle.

Cette simple réflexion eut le pouvoir de faire fondre la jeune femme en larmes.

— Je... euh... je... balbutia-t-elle.

Incapable d'en dire plus, elle quitta la table et partit en courant.

Harry soupira d'un air excédé.

— Je vous croyais un peu plus diplomate ! s'exclama-t-il.

Et là-dessus, il se lança à la poursuite d'Eloïse.

8

La cuisine était déserte quand Katie y pénétra, le lendemain matin. En revanche, quelqu'un avait eu la bonne idée de brancher la cafetière électrique.

Elle se servit une tasse de café et, tout en mordant à pleines dents dans une pomme, sortit sur la terrasse. L'air était lourd, annonciateur d'orages. Des nuages sombres s'amoncelaient au loin, à l'ouest. Le soleil apparut soudain entre deux pics, aveuglant.

— Tiens, vous êtes ici ?

Harry la rejoignit. Il se pencha.

— Et mon baiser du matin ?

Habilement, elle fit pivoter son fauteuil roulant de manière à lui tourner le dos.

— Un baiser ? Sûrement pas !

Harry lui faisait déjà face.

— Katie...

Son visage n'était plus qu'à quelques centimètres de celui de la jeune fille.

— Katie ! répéta-t-il.

Elle avala sa salive, intensément troublée.

« Il ne faut pas, il ne faut pas... » répétait une petite voix intérieure.

Malgré elle, elle ferma les yeux et entrouvrit les

lèvres. Harry les effleura des siennes dans un baiser à peine esquissé puis se redressa.

— Alors ? demanda-t-il.

— Alors quoi ? fit-elle faiblement.

« Seigneur ! se gourmanda-t-elle intérieurement. Ne perds pas ainsi la tête ! Qu'est-ce qu'un petit baiser de rien du tout ? »

— Cela vous fait toujours cet effet lorsqu'on vous embrasse ? s'enquit Harry.

La colère la submergea.

— Non ! s'écria-t-elle. Vous flirtez donc avec toutes les femmes que vous croisez ?

Cette brusque attaque le prit par surprise.

— Non, voyons. Mais il est difficile de dire que nous n'avons fait que nous croiser !

Il hocha la tête.

— Vous êtes une fille très étrange, Miss Russel ! Très déconcertante...

Elle le dévisagea sans aménité.

— Vous abusez de la situation, monsieur King.

— Comment cela ?

— Je suis clouée sur ce fauteuil roulant et vous en profitez.

Il haussa les sourcils.

— Ah oui ?

— Oui !

— Peut-être... admit-il enfin. Mais si vous n'étiez pas dans ce fauteuil, j'aurais du mal à vous approcher...

— Vous voyez bien ! triompha-t-elle.

— Avez-vous déjà embrassé beaucoup de messieurs ? interrogea-t-il d'un ton ironique.

— Cela ne vous regarde pas.

Elle s'essuya les lèvres.

— Et je n'aime pas vos baisers.

— Menteuse !

« Oui, menteuse ! se dit-elle. Pourquoi raconter de pareilles histoires ? Il ne te croit pas... »

Elle soupira. D'un air rêveur, Harry contemplait la vallée.

— On se croirait au début des temps, murmura-t-il. Quand mes ancêtres sont venus s'établir ici, ils ne manquaient pas de courage. La montagne devait leur paraître terriblement hostile...

Comme si ce geste était tout naturel, il posa la main sur le genou de Katie. Elle le repoussa.

— Voyons, que disais-je ? fit-il à mi-voix. Ah, oui... Je parlais de mes ancêtres et de la vallée.

Il hocha la tête.

— Je suis fier d'eux, vous savez !

— Je m'en doute... Ils ont chassé les Indiens à qui ces terres appartenaient et...

— Vous êtes du côté des Indiens ? se moqua-t-il. Vous, l'Américaine aux yeux verts et aux cheveux blonds ? Je suis sûr que vous n'avez pas une goutte de sang indien dans les veines.

— Est-ce une raison ? Je me range du côté du plus faible...

— La bataille est terminée depuis bien longtemps. Vous n'étiez pas là à l'époque. Et moi non plus... Par conséquent, parlons d'autre chose.

— De quoi ?

— Savez-vous quel est mon rêve le plus cher, Katie ?

— Aucune idée.

« Et je m'en moque », faillit-elle ajouter.

— Vous, Katie.

Elle secoua la tête avec stupeur.

— Mais vous n'avez donc aucune morale ? Eloïse ne pense qu'à son prochain mariage et vous venez me faire des avances ?

— Pourquoi pas ?

— Oh ! Vous êtes, vous êtes...

Elle ne put en dire plus tant l'indignation la submergeait.

Harry éclata de rire.

— Et vous, vous êtes très drôle ! lança-t-il avec bonne humeur.

Elle voulut mettre son fauteuil roulant en marche pour le fuir. Mais quand elle actionna les commandes, rien ne bougea. Elle recommença sans plus de succès.

— Je suis en panne ! s'exclama-t-elle.

Elle essaya de pousser les roues à la main mais son siège était trop lourd pour être propulsé de cette manière.

— Au secours !

Harry riait sans retenue.

— C'est très amusant, n'est-ce pas ? lança-t-elle d'un ton acide.

— Très !

— Quand j'ai besoin d'aide, il n'y a donc aucun homme pour répondre « présent » ?

— Je suis là ! A moins que vous ne préfériez les conseils de John ? Il arrive...

Le bébé accourait en effet, de sa démarche toujours un peu maladroite.

— Tchou-tchou !

— Le tchou-tchou est en panne, fit Harry qui semblait beaucoup se divertir.

Il s'agenouilla près du fauteuil et vérifia les commandes. Puis il se releva.

— Je comprends...

— Que se passe-t-il ? C'est grave ?

— Dites-moi, petite fille, qu'avez-vous fait hier soir ? demanda-t-il d'un ton docte.

— Mais... j'ai dormi, tout simplement.

— Et votre fauteuil roulant ?

— Je l'ai laissé près de mon lit.

Elle s'efforça de rire.

— Non, je n'ai pas dormi avec.

— Voyons, petite fille, quelle est l'énergie qui l'actionne, ce fauteuil ?

— Euh... l'électricité. Pourquoi riez-vous ?

— Parce que, ma jolie, vous devez tous les soirs recharger vos batteries si vous voulez que le fauteuil soit prêt à fonctionner le lendemain ! Il suffit pour cela de brancher cette prise...

Elle fit une petite grimace.

— Je... je ne savais pas.

— Maintenant, que faisons-nous ?

— Voulez-vous me pousser jusqu'à la cuisine ? demanda-t-elle humblement.

Après un silence, elle ajouta :

— S'il vous plaît, Harry.

— Très bien ! approuva-t-il. De mieux en mieux...

Au lieu de la conduire vers la cuisine, il l'amena près de la piscine.

— Je branche votre fauteuil sur cette prise, expliqua-t-il. D'ici deux heures, les batteries devraient être rechargées. En attendant, je vous servirai votre petit déjeuner. Des œufs brouillés, cela vous convient ?

Sans attendre sa réponse, il se dirigea d'un bon pas vers la maison.

Katie s'étira paresseusement. Au fond, ce n'était pas si désagréable de se faire servir !

« Plouf »... Quelqu'un venait de plonger dans la piscine. La jeune fille baissa la tête vers l'eau scintillante au soleil. Une exclamation horrifiée s'étrangla dans sa gorge : le petit John battait vigoureusement les bras et les jambes pour se maintenir à la surface.

— Mon Dieu ! murmura Katie, très pâle. Il va se noyer... Il faut que je fasse quelque chose...

Elle tenta de se lever mais, déjà, Amanda avait rejoint son fils. Elle se mit à nager devant lui et le bébé réussit à traverser la piscine dans sa largeur.

En riant aux éclats, la mère et l'enfant sortirent de l'eau et vinrent rejoindre Katie.

— Alors, que pensez-vous de mon petit champion ? demanda Amanda.

Elle se laissa tomber dans une chaise longue, tout en frictionnant son fils à l'aide d'une serviette-éponge.

— J'ai commencé à lui apprendre à nager quand il avait huit mois. J'aurais dû le mettre plus tôt dans l'eau : il est doué.

Elle sourit.

— Cela ne vous ennuie pas que je m'asseye près de vous ?

— Pas du tout... prétendit Katie qui en réalité aurait préféré se trouver à des lieues de là.

— Vous savez, je ne vous en veux pas ! déclara Amanda.

— Oh...

Un soupir de soulagement gonfla la poitrine de la jeune fille. Ainsi, Amanda n'était pas fâchée alors qu'elle avait toutes les raisons de l'être...

— Eubie et moi sommes mariés depuis quatre ans. Je le connais maintenant de A à Z. Jusqu'où a-t-il été avec vous ?

— Il en est resté à A, répondit Katie.

Elle pinça les lèvres.

— Il avait oublié de me dire qu'il était marié... Quand il est parti en tournée j'en ai profité pour m'en aller à mon tour. Je me suis arrêtée ici !

— Mon frère m'a raconté cette partie de l'histoire.

Après une brève pause, Amanda ajouta :

— Harry semble beaucoup s'intéresser à vous.

Katie se contenta de hausser les épaules.

— Les hommes ! commenta-t-elle seulement avec une grimace.

— Ah oui ! Les hommes ! fit Amanda en écho. Je n'aurais pas dû laisser Eubie seul pendant la saison, je le savais bien. Mais sa mère était malade et me réclamait avec le bébé...

— C'est un bon joueur de base-ball, déclara Katie. On l'a vraiment licencié ?

Un grand sourire éclaira le visage d'Amanda.

— Mais oui !

— Vous paraissez contente...

— Et comment ! Le père d'Eubie possède toute une chaîne de drugstores dans le Sud Tennessee et la Géorgie du Nord. J'aimerais mieux voir mon mari devenir un homme d'affaires... Nous nous établirions dans une petite ville et nous donnerions à John une demi-douzaine de frères et sœurs.

— Vous croyez qu'Eubie abandonnerait le base-ball aussi facilement ?

— En tant que professionnel, oui. Mais cela ne l'empêcherait pas de jouer dans l'équipe locale.

Son regard s'évada.

— Nous serions très heureux et nous aurions beaucoup d'enfants... fit-elle à mi-voix.

— Je le souhaite, fit Katie avec chaleur.

Son visage se crispa.

— J'aimerais comprendre Harry aussi bien que vous comprenez Eubie...

— Avant tout, il faut que vous vous persuadiez que mon frère n'est pas un extraverti comme il en donne l'impression à première vue.

— Non ?

— Enfant, il était très timide. Notre père — un homme particulièrement dur —, a voulu le dresser. Et il n'a rien trouvé de mieux que de l'envoyer dans une école militaire. Il avait huit ans à l'époque ! Vous imaginez, un petit garçon de huit ans ? Il n'a pas tardé à comprendre qu'il devait jouer le jeu et, en apparence, il est devenu l'être que vous voyez maintenant. Au fond, cependant, il est resté le timide introverti de toujours...

Un pli barra son front lisse.

— Il demeure très vulnérable. On peut le blesser

facilement... Attention, Katie ! Surtout ne lui faites pas de mal...

— Mais...

Katie n'eut pas le temps d'en dire plus car Harry revenait avec un plateau lourdement chargé.

— Qu'êtes-vous en train de raconter toutes les deux ? Vous dites du mal des hommes ? A voir votre expression, cela ne m'étonnerait guère...

— Tout juste ! s'exclama sa sœur.

En riant, elle lança :

— C'est toi qui as préparé le petit déjeuner ? Je ne te reconnais pas...

— Je suis très capable de me débrouiller dans une cuisine, assura-t-il d'un air offensé.

Avec appétit, Katie entama son petit déjeuner.

— Excellent ! assura-t-elle.

Deux minutes plus tard, elle contemplait avec découragement sa jupe tachée d'œuf.

— Comme je suis maladroite ! Cette jupe est la seule que je possède ici. Je passe ma vie en jean, d'habitude. Mais comment voulez-vous que j'enfile un jean avec cet énorme plâtre ?

— J'ai une idée ! s'exclama Amanda. Harry, tu vas garder John et j'emmènerai Katie faire quelques courses en ville.

— Su tu y tiens, fit Harry sans enthousiasme.

— Nous prendrons la Mercedes, ajouta Amanda.

— Comme tu veux...

Il les aida un peu plus tard à s'installer dans la voiture.

— Pour faire les magasins, vous utiliserez ce fauteuil roulant pliant, dit-il à Katie.

— Merci...

— Je le mets dans le coffre.

Il se pencha.

— Katie...

— Oui ?

— A Johnson City, il y a une station de bus et un aéroport. Vous reviendrez ?

Elle hésita.

— Eloïse est toujours là ? demanda-t-elle d'une voix mal assurée.

— Oui. Mais faites-moi confiance ! Vous reviendrez ? répéta-t-il. C'est promis ?

— Je... je ne sais que dire.

— Dites « oui ». C'est facile !

Elle soupira.

— Bien, je reviendrai. Mais je tiens à assister au mariage de ma sœur ! Je ne resterai pas éternellement ici, Harry.

— Je comprends...

Il se pencha encore et déposa un léger baiser sur les lèvres de la jeune fille.

— A tout à l'heure, Katie !

Amanda mit le contact et la voiture démarra doucement. Katie était tellement troublée qu'elle ne pensait pas à admirer le paysage.

Pourquoi avait-elle accepté de revenir alors que c'était le moment rêvé pour partir ? Qu'attendait-elle ? Qu'espérait-elle, surtout ?

Harry et Eloïse allaient se marier... elle le savait parfaitement. Alors pourquoi restait-elle ? Etait-elle masochiste à ce point ?

« Tous les hommes sont les mêmes ! » songea-t-elle en soupirant.

D'abord Eubie, puis Harry. Les promesses qu'ils faisaient ne comptaient pas vraiment à leurs yeux. Dès qu'Amanda avait le dos tourné, Eubie flirtait avec d'autres. Et Harry en faisait autant.

Elle ferma les yeux, soudain épuisée moralement comme physiquement. Harry avait un tel pouvoir sur elle... Il suffisait qu'il l'embrasse pour qu'elle perde la tête.

— Nous sommes arrivées ! fit Amanda.

Katie sursauta et souleva les paupières.

— Déjà ? fit-elle avec étonnement.

Elle regarda autour d'elle et s'aperçut qu'elle se trouvait dans le gigantesque parking d'un centre commercial.

— Nous sommes à Johnson City ? interrogea-t-elle.

Amanda éclata de rire.

— Mais oui ! Où vous croyez-vous ?

— Je... je ne sais pas.

— Ici, vous n'aurez pas de problèmes pour vos courses. On ne trouve pas un seul escalier dans ce centre commercial ! Tout est au même niveau.

Elle leva les yeux vers le ciel qui s'assombrissait à vue d'œil.

— Dépêchons-nous. Je voudrais rentrer avant la pluie.

— Vous pensez qu'il va pleuvoir ?

Amanda fit une petite grimace.

— Un orage se prépare. Je n'aimerais pas être sur la route à ce moment-là. En montagne, les tempêtes sont toujours terribles, surtout à cette époque de l'année.

Avec adresse, elle déplia le léger fauteuil roulant et poussa Katie jusqu'au premier magasin.

— Nous nous retrouverons à la voiture dans une demi-heure ? Cela vous suffira ?

— Largement, affirma la jeune fille.

Elle s'offrit deux jupes classiques, l'une légèrement évasée en lainage bordeaux et l'autre en serge marine, entièrement plissée comme une tenue de pensionnaire. Elle acheta deux chemisiers pour compléter ces tenues et, bien avant l'heure fixée par Amanda, elle regagna la Mercedes.

La sœur de Harry ne tarda pas à la rejoindre. Chargée de paquets, elle semblait d'excellente humeur.

— Avec un peu de chance, nous échapperons à l'orage. J'ai l'impression qu'il s'éloigne.

A distance, on voyait des éclairs sillonner le ciel obscurci. Katie laissait son regard errer sur les champs de pommiers régulièrement plantés.

— La vallée ressemble à un gigantesque verger, commenta-t-elle.

Déjà, elles arrivaient en vue de la petite ville d'Erwin. Katie y était allée à deux ou trois reprises en compagnie de tante Grace pour les achats courants.

— Mon Dieu ! J'avais oublié... s'exclama Amanda. C'est le Festival de la Pomme ! La fête bat son plein... Vous voulez y faire un tour ?

Elles descendirent de voiture.

Une petite fanfare jouait sur la place du village et deux clowns déguisés en pommes vertes dansaient sur une estrade, à la grande joie des enfants. Les commerçants de la ville avaient dressé des échoppes où l'on trouvait des tartes, du cidre, de la compote... tout à base de pommes, bien entendu.

— A la nuit tombée, on interdira les rues à la circulation et on dansera jusqu'à l'aube, expliqua Amanda. A condition qu'il ne pleuve pas !

Elle regarda Katie avec curiosité.

— Vous avez très bonne mine ! Mais que buvez-vous donc ?

La jeune fille tourna entre ses doigts son gobelet de carton.

— Je ne sais pas. On m'a donné cela il y a cinq minutes... Un produit quelconque à base de pomme, je suppose ! Vous voulez y goûter ?

Amanda trempa ses lèvres dans le liquide ambré, puis elle se mit à tousser.

— Mais c'est de l'alcool de pomme, tout simplement ! Du calvados, comme on dirait en France.

Elle éclata de rire.

— Il s'agit d'un alcool très fort. Je ne m'étonne plus que vous ayez les joues rouges... et le nez aussi !

— Je me sentais bizarre... je comprends maintenant pourquoi !

Amanda riait toujours.

— Vous n'êtes pas sortable ! Que dirait Harry s'il vous voyait dans cet état ? Et la police de la route ?

— La police de la route ? répéta Katie sans comprendre.

— Oui, ma chère ! Imaginez un peu... Conduite de fauteuil roulant en état d'ivresse !

Quand elles regagnèrent la Mercedes, il commençait à pleuvoir. Les quelques gouttes qui s'étaient écrasées sur le pare-brise ne tardèrent pas à se transformer en une violente averse.

Amanda conduisait avec prudence, presque au pas. Il lui fallut plus d'une heure pour effectuer un trajet qui d'ordinaire demandait moins d'une demi-heure.

La pluie cessait tout juste lorsqu'elles arrivèrent en vue de la maison. Harry vint à leur rencontre, en poussant le fauteuil roulant électrique.

— Prenez place, princesse...

Katie était maintenant en proie à une terrible crise de hoquet. Harry se tourna vers Amanda en fronçant les sourcils.

— Qu'a-t-elle ?

— Le hoquet, comme tu peux le constater.

Elle se remit à rire.

— Elle a bu tout un gobelet d'alcool comme du petit lait...

— Ne... ne me regardez pas ainsi, balbutia Katie entre deux hoquets.

Pourquoi la fixait-il de cette manière ? Se permettait-il de la juger ? Soudain, la colère la submergea. Mais elle tomba aussi vite qu'elle était venue et un grand sourire illumina son visage.

— Bonjour, Harry ! lança-t-elle avec chaleur.

— Bonjour, Katie.

« Comme il me plaît ! » songea-t-elle.

Elle avait l'impression que son cœur se dilatait. Puis elle songea à Eloïse... Cet homme n'était pas libre. Elle avait une rivale.

Elle haussa brusquement les épaules.

— Tant pis pour Eloïse, murmura-t-elle.

— Que dites-vous ? interrogea-t-il de sa voix de basse.

Brusquement, elle se souvint de son arrivée dans cette maison. La voix de Harry l'avait alors frappée... Elle s'était dit que l'on réservait toujours le rôle du méchant à la basse.

— Et tant pis pour l'opéra ! fit-elle tout haut.

— Quoi ?

— Harry, si je vous pose une question, me répondrez-vous sincèrement ?

— Peut-être.

Elle jeta un coup d'œil autour d'elle. Ils étaient seuls : Amanda les avait déjà laissés.

— Quand vous m'embrassez, j'ai l'impression de... de me désintégrer en mille morceaux. Or, vous, vous vous contentez de siffloter comme si vous n'étiez nullement affecté. C'est tout l'effet que ces baisers ont sur vous ?

— Oh ! Katie... fit-il seulement.

Et il se pencha pour l'embrasser.

9

Quelques jours s'écoulèrent sans histoires. Il faisait toujours très chaud mais les orages se succédaient.

— Heureusement que la récolte des pommes est terminée, fit Harry. Sinon, que de problèmes !

— Des problèmes ? s'étonna Katie. Pourquoi ?

Tout le monde la regarda avec surprise. Même Eloïse.

« Seigneur ! songea-t-elle. Je n'y connais rien à la récolte des pommes. Eloïse est plus au courant que moi. »

— Les cueilleurs de pommes sont la plupart du temps des Jamaïcains. Ils se séparent en équipes et commencent par les vergers du sud. Peu à peu, ils remontent vers le nord. Si par hasard les fruits ne sont pas mûrs dans une région donnée, cela bouleverse tout l'ordre établi.

— Voilà ! conclut Eloïse.

Elle se leva et s'éloigna, aussitôt suivie par Harry.

Tante Grace se frotta les mains d'un air satisfait.

— Notre plan marche à merveille !

— Quel plan ?

— Voyons, Katie ! Auriez-vous oublié notre petit complot ?

— Non. Mais à votre place je ne me réjouirais pas tant ! Il me semble au contraire que tout va mal.

— Pas du tout ! Eloïse s'efface de plus en plus. C'est à peine si on la voit en ce moment... Bientôt elle partira et alors, à nous de jouer !

Elle examina la jeune fille par-dessus ses lunettes.

— Vous voulez vous marier en blanc ? interrogea-t-elle sans autre préambule.

— Tante Grace ! protesta Katie. En voilà une question !

Elle se redressa.

— Moi ? Epouser Harry King ? Sûrement pas... Il est trop égoïste, trop arrogant, trop orgueilleux, trop...

— Ce sont des qualités masculines, trancha tante Grace.

Elle se frotta les mains.

— La semaine prochaine, je partirai pour Knoxville avec Mary. Vous vous trouverez seule avec Harry et vous aurez alors toutes les opportunités voulues pour jouer intelligemment vos cartes.

En sautillant comme une gamine, elle s'éloigna tandis que Katie, éberluée, secouait la tête.

« Quelle maison de fous ! » se redit-elle pour la centième fois peut-être.

Elle actionna son fauteuil roulant et se dirigea vers la piscine. Ce matin-là, le soleil brillait dans un ciel sans nuages. Il n'y avait pas un souffle de vent et même les oiseaux se taisaient.

Elle n'avait pas entendu les pas s'approcher. Cependant elle ne fut pas autrement surprise quand une main se posa sur son épaule. Une large main masculine... Puis on lui caressa les cheveux.

— Non, Harry, murmura-t-elle.

— Harry ! s'exclama Eubie. Par exemple !

Elle pivota pour lui faire face.

— Eubie, que fais-tu ici ? Tu ne trouves pas que tu as déjà assez d'ennuis comme cela ?

— Des ennuis ? s'écria-t-il en riant.

Il paraissait très sûr de lui.

— Oh, pour moi, tout va bien !

— Amanda...

— Amanda m'en veut un peu, mais cela lui passera.

Sa suffisance mit Katie hors d'elle.

— Pourquoi ne m'avais-tu pas dit que tu étais marié ?

— Euh...

— Tu ne mérites pas une femme comme Amanda !

Il fronça les sourcils.

— En voilà une manière de parler à un vieil ami !

Il la prit par les épaules et se pencha. Devinant qu'il allait l'embrasser, elle se rejeta violemment en arrière.

— Mais tu es fou ! Tu es complètement fou... Ma parole, tu n'as pas ta tête à toi ! Vas-tu me lâcher ?

Elle se débattait de toutes ses forces et cherchait à l'atteindre au moyen de son pied valide. Mais les coups qu'elle lui portait ne semblaient nullement le déranger.

— Tiens-toi tranquille... ordonna-t-il d'une voix rauque.

— Lâche-moi !

— Sûrement pas !

Soudain, elle vit rouge. La main d'Eubie se trouvait seulement à quelques centimètres de sa bouche. Elle le mordit cruellement — si fort qu'elle sentit le sang perler sur ses lèvres.

Eubie se redressa immédiatement.

— Tu m'as mordu ! Espèce de... de...

Les yeux agrandis, il contempla sa main. Le sang tombait goutte à goutte sur les dalles de la piscine.

— Espèce de...

Le colère l'envahit.

— Et ma main droite, en plus ! Faire cela à un joueur de base-ball !

Il ne se connaissait plus.

— Tu vas me le payer ! Je... je vais t'étrangler, espèce de... de...

Il fit un pas en avant, les mains tendues et elle comprit qu'il était capable de mettre sa menace à exécution tant la rage le dominait.

En une fraction de seconde, mille pensées la traversèrent.

Fuir ? C'était hors de question. Même lancée à sa vitesse de pointe, le fauteuil roulant n'était pas bien rapide et Eubie aurait tôt fait de la rattraper !

« La meilleure défense reste encore l'attaque ! » songea-t-elle.

Elle actionna les commandes de son fauteuil qui bondit en avant, heurtant violemment Eubie qui perdit l'équilibre et tomba à la renverse dans l'eau.

Mais emportée par son élan, Katie n'eut pas le temps de stopper son engin. A son tour elle se trouva précipitée dans la piscine. Elle eut juste le temps de remplir ses poumons d'air avant de sombrer.

En temps ordinaire, un bon coup de pied au fond lui aurait permis de refaire surface presque immédiatement. Même avec un plâtre...

Hélas, celui-ci était resté coincé dans le fauteuil roulant. La panique gagna la jeune fille.

« Je vais mourir noyée ! » songea-t-elle en se débattant désespérément.

Déjà, elle avait l'impression que ses poumons allaient éclater. Elle s'efforça de rester calme et tenta de se dégager. En vain...

Une ombre se profila au-dessus de sa tête. Quelqu'un avait plongé... Puis tout se passa très vite. Elle sentit qu'on la libérait. Elle réussit à demeurer consciente jusqu'à ce qu'on l'entraîne à la surface.

Elle avala une longue goulée d'air et sombra dans l'inconscience.

Quand elle ouvrit les yeux, elle s'aperçut qu'elle était allongée sur les dalles au bord de la piscine.

La voix d'Amanda parvint à ses oreilles.

— Tu n'as pas besoin de lui faire du bouche-à-bouche, Harry ! Tu vois bien qu'elle respire !

Kate battit des paupières. Le visage d'Harry se trouvait à seulement quelques millimètres du sien. Il déposa une pluie de baisers sur ses lèvres, sur ses joues, sur le bout de son nez.

— Vous êtes toute mouillée, murmura-t-il.

— Vous aussi !

Elle ferma les yeux en soupirant. Puis la mémoire lui revint et elle tenta de s'asseoir.

— Eubie... commença-t-elle.

Amanda l'interrompit.

— Quoi, Eubie ?

— Il... il est tombé à l'eau, lui aussi.

— Oui, j'ai vu tout cela de loin ! grommela Harry.

— Que s'est-il exactement passé ? interrogea Amanda.

Tante Grace intervint.

— Il faut que Katie aille se reposer, décida-t-elle. La pauvre a eu un choc... Et elle est trempée. Vous voulez qu'elle attrape une pneumonie maintenant ? Il faut la mettre au lit, la déshabiller, la frictionner et l'habiller chaudement.

— Voilà un programme qui remporte mon adhésion totale, assura Harry. Je me charge de la mettre au lit, de la déshabiller, de la frictionner et...

— Sûrement pas, mon garçon ! coupa tante Grace. Toi, tu te contentes de la porter jusqu'à sa chambre et je m'occuperai du reste.

— Dommage...

— Mais je vais très bien ! protesta Katie.

Sans effort, Harry la souleva et l'emmena vers la

maison. On aurait cru qu'elle ne pesait pas plus qu'une plume dans ses bras.

De nouveau, elle ferma les yeux. Elle aurait aimé rester ainsi pendant des heures, des jours... toute la vie.

Tante Grace les suivait en multipliant les recommandations.

— Après l'avoir mise au lit, je lui apporterai une boisson chaude. Une tisane... ou mieux : un grog !

Katie voulut encore protester.

— Je vous assure que je me sens en pleine forme !

Elle souleva les paupières et regarda autour d'elle. Amanda et Eubie n'étaient nulle part en vue.

— J'ai encore du mal à comprendre ce qui s'est passé, murmura-t-elle. J'ai été soudain en proie à une colère incroyable. Jamais je n'ai été prise d'un tel accès de rage !

Elle avala sa salive.

— Je ne me reconnaissais plus...

Déjà, ils avaient atteint la maison. Doucement, Harry alla l'étendre sur son lit.

— Il ne fait pas bon croiser votre chemin quand vous êtes en colère, remarqua-t-il en riant.

La jeune fille passa la main sur son front dans un geste mal assuré.

— J'avais des envies de meurtre...

Elle frissonna.

— Et Eubie ? Où est-il ? Il... il n'est pas noyé, lui ?

Tante Grace eut un rire ironique.

— Les gens de son espèce ont la vie dure !

— Où est-il ? redemanda Katie.

— Avec Amanda. Il va sûrement avoir droit à une scène mais il l'a bien méritée !

Harry crispa les poings.

— Moi aussi, j'aurai mon mot à lui dire, fit-il entre ses dents serrées.

Tante Grace le poussa dehors.

— Toi, va préparer un grog.

— Je m'occupe d'abord d'Eubie, fit-il d'un air sombre.

Maintenant, Katie claquait des dents. Elle était trop bouleversée pour prêter attention à ce qui se passait autour d'elle. Elle avait vu la mort de près pendant quelques interminables secondes et cela l'avait terriblement traumatisée.

Avec des gestes rapides, tante Grace l'aida à se débarrasser de ses vêtements. Puis elle la frictionna vigoureusement à l'aide d'une grande serviette de bain.

— Je me sens mieux, assura la jeune fille.

Ses dents ne s'entrechoquaient plus. Peu à peu, sa circulation se rétablissait et une bonne chaleur l'envahissait des pieds à la tête.

On frappa à la porte.

— Qui est là ? s'enquit tante Grace.

— Eloïse.

— Entrez, fit-elle sans enthousiasme.

La jeune femme pénétra dans la pièce.

— Je vous apporte des serviettes chaudes, tante Grace. Et que diriez-vous de cette tasse de thé, Katie ? J'y ai ajouté quelques gouttes de cognac.

— Merci, vous êtes gentille...

Katie regarda sa visiteuse avec curiosité. Cette dernière semblait avoir changé depuis la veille...

— Vous cheveux sont trempés, remarqua encore Eloïse. Je vais chercher mon séchoir...

Elle disparut et revint quelques instants plus tard.

— Laissez-moi vous sécher les cheveux.

Que cachait cette soudaine sollicitude ? Un peu inquiète au début, Katie comprit bien vite qu'elle n'avait rien à craindre d'Eloïse.

— Merci, murmura-t-elle. Vous êtes gentille...

Après une brève pause, elle ajouta :

— Vous êtes *trop* gentille ! A votre place, j'aurais

arraché les cheveux de... de ma rivale au lieu de les sécher !

Eloïse haussa les épaules.

— On ne peut pas lutter contre le destin...

— Le destin ?

— J'ai essayé de tenir mais je n'ai pas tardé à comprendre qu'il n'y avait aucun espoir.

Un espoir gonfla sa poitrine.

— Au fond, vous êtes sympathique, Katie...

— Quoi ?

Eloïse débrancha le séchoir et alla s'assoir au bout du lit. Elle semblait étrangement détendue, elle qui d'habitude paraissait toujours aux aguets.

— Vous est-il déjà arrivé d'avoir peur, Katie ?

— Oui, bien sûr. Comme tout le monde...

Elle frissonna.

— Quand j'ai cru que j'allais périr noyée au fond de la piscine, reprit-elle, j'ai eu peur, bien entendu.

— Moi j'ai peur tout le temps, fit Eloïse d'une voix chargée d'émotion.

— Tout le temps ? Et de quoi ?

— De tout. J'ai peur de rencontrer des gens que je ne connais pas. Ou bien j'ai peur qu'ils refusent de me recevoir. J'ai peur aussi de redevenir pauvre comme autrefois. Et puis j'ai peur de l'orage...

— Vous ? Mais vous donnez l'impression de ne redouter personne !

— C'est une attitude que je me donne, avoua Eloïse.

— Pourquoi ?

— Le monde de la télévision et du cinéma est très dur. Si vous vous montrez vulnérable, vous êtes perdue d'avance. Au cours des ans, je me suis forgé cette image de femme que rien n'émeut.

Elle prit sa tête entre ses mains.

— Mais par moments, le vernis craque...

Saisie, Katie ne disait plus rien. Elle s'attendait si peu à de telles révélations de la part d'Eloïse !

— J'ai besoin de sécurité, poursuivit cette dernière.

— Comme tout le monde...

— Moi plus que quiconque. Car j'ai connu l'insécurité et la pensée que ces jours-là pourraient revenir me hante. Il me faut un refuge, or, savez-vous quel est le meilleur des refuges pour une femme, Katie ?

— Non...

— Le mariage. Je rêve de vivre auprès d'un homme qui me protègera...

— Et l'amour, dans tout cela ?

Eloïse haussa les épaules.

— L'amour viendra après.

Elle fronça les sourcils.

— Je n'aimais pas vraiment Harry mais j'avais envie de devenir sa femme. Je sais maintenant que c'est impossible... Car c'est vous qu'il aime ! Il suffisait pour cela de le voir quand il vous transportait vers la maison, toute ruisselante après votre bain forcé... Si vous aviez été suffisamment consciente, vous auriez tout de suite compris !

Elle ouvrit les mains dans un geste impuissant.

— Lutter dans ces conditions ? Impossible... Alors j'ai décidé de téléphoner à Gilles.

— Gilles ?

— Cela fait des mois qu'il veut m'épouser.

Un demi-sourire détendit ses lèvres.

— Avec un peu de chance, jamais il ne saura que je l'ai choisi en désespoir de cause ! Mais une fois que je serai devenue sa femme, je lui serai fidèle et je ferai tout mon possible pour le rendre heureux.

Son sourire s'agrandit.

— Maintenant, je vous laisse vous reposer ! A tout à l'heure !

Elle s'éclipsa sur la pointe des pieds. Les sourcils froncés, Katie contempla le plafond.

Eloïse était-elle sincère, ou bien s'agissait-il d'une

ruse ? Tout était possible... Cependant elle avait tendance à pencher pour la première alternative.

A l'heure du dîner, Katie se rendit dans la cuisine où tante Grace et Mary mettaient la dernière main au repas.

— Cela sent bon ! s'exclama-t-elle.

— Bœuf braisé aux légumes et tarte aux pommes.

— Mmmm, fit-elle avec gourmandise. Je meurs de faim !

— Une bonne maladie, commenta tante Grace.

Elle avait déjà mis la table et Katie s'étonna en comptant les couverts.

— Qui ne dînera pas ce soir ?

— Eubie et Amanda.

— Où sont-ils ?

— Partis... répondit brièvement tante Grace.

Harry fit à ce moment-là son entrée dans la cuisine.

— Oui, partis pour Chattanooga. Ils possèdent une maison là-bas et vont essayer de recommencer du bon pied.

Il ébouriffa les cheveux de Katie.

— Amanda m'a chargé de vous embrasser.

Il s'exécuta aussitôt.

— Mission accomplie... murmura-t-il en se relevant.

— Et Eubie ?

— Lui n'a laissé aucun message.

— Il aurait été bien en peine de parler ! s'exclama tante Grace. Comment as-tu pu le traiter ainsi, Harry ? Le pauvre garçon a la mâchoire tout enflée... Peut-être est-elle cassée ? Et s'il perdait toutes ses dents ?

— Tant pis pour lui. Je me suis retenu et il a eu de la chance ! Car s'il n'avait pas été le mari d'Amanda, je crois bien que je l'aurais tué.

— Ç'aurait été aller un peu loin, intervint Katie.

Qu'a-t-il fait, au fond ? Rien de bien méchant. Je suis la plus coupable : ne l'ai-je pas poussé à l'eau ? Si je suis tombée ensuite dans la piscine, ce n'est pas sa faute.

— Mais il vous aurait laissée vous noyer !

— Quoi ?

— Quand je suis arrivé, il était assis au bord du bassin et il ne levait pas le petit doigt pour vous secourir. Si je n'avais pas vu la scène de loin, où seriez-vous maintenant ?

Il hocha la tête d'un air pénétré.

— Ah ! Katie Russel, vous en avez pris de la place dans ma vie ! Vous et vos petits complots...

Il jeta sa serviette à côté de son assiette pleine et sans ajouter un mot, quitta la pièce. Tante Grace paraissait ravie.

— Tout marche comme sur des roulettes ! assura-t-elle.

Elle pointa son index en direction de la jeune fille.

— Je vous l'avais bien dit !

Se levant à son tour, elle se dirigea vers la fenêtre.

— Il va du côté de la piscine.

— Jamais je ne l'ai vu d'aussi mauvaise humeur, commenta Mary d'un air effrayé.

Eloïse s'étira.

— En tout cas, on ne peut pas m'accuser. Je n'ai rien à voir dans cette histoire !

— Pour une fois, en effet, grommela tante Grace.

Eloïse lui adressa son plus gracieux sourire.

— Il me reste à vous remercier, tante Grace.

— De quoi, grands dieux ?

— De votre hospitalité, de cet excellent dîner...

— Vous partez ?

— Je préfère conduire la nuit.

Son sourire s'agrandit.

— Je vais prendre la route d'Atlanta... où Gilles m'attend. Si tout se passe bien, nous nous marierons la semaine prochaine !

Elle alla embrasser tante Grace, puis Katie et même Mary. Exceptionnellement, la vieille dame demeurait sans voix.

Ce fut seulement après le départ d'Eloïse qu'elle retrouva ses esprits.

— Qui aurait jamais imaginé cela? Elle a abandonné la partie! La voie est libre, Katie! Vite, vite... à l'attaque!

— A l'attaque? répéta la jeune fille, éberluée.

— Mais elle ne comprend rien à rien! se lamenta tante Grace.

— Si seulement je savais de quoi il s'agit!

— De vous et de Harry. De Harry et de vous... Le moment est venu de porter le grand coup!

— Tante Grace! Vous ne parlez pas sérieusement... Vous savez bien que Harry ne s'intéresse pas vraiment à moi. Tout ce qu'il désire, c'est une brève aventure et...

— Pas du tout : il veut vous épouser.

— Tout sauf cela!

— Ne discutez pas, ma petite fille. Laissez-moi faire... Où est votre broderie?

— Ma... ma broderie?

— Vous aviez un ouvrage l'autre jour! Qu'en avez-vous fait?

— J'ai dû le laisser dans ma chambre.

— Vous allez vous installer dehors avec votre broderie et...

— Mais c'est ridicule, tante Grace! J'ai déjà bien du mal à faire deux points corrects en plein jour et la nuit est tombée!

— Cela n'a aucune espèce d'importance. Tout ce qu'il faut, c'est que Harry vous voie avec un ouvrage de dame dans les mains. Les hommes ne savent pas résister à une femme penchée sur un travail d'aiguille!

— Peut-être au siècle dernier, fit Katie, dubitative. Je doute que cela les émeuve beaucoup à notre époque !

— Ne discutez pas, ma petite fille ! répéta tante Grace avec force.

Bon gré, mal gré, Katie se trouva bientôt propulsée dans un fauteuil portatif avec un ouvrage de dame sur les genoux.

Elle n'était pas habituée à ce léger engin pliant dont elle devait elle-même faire avancer les grandes roues à l'aide de ses mains. Cet exercice inaccoutumé lui avait déjà donné des courbatures dans les bras.

Harry se trouvait au bord de la piscine, penché au-dessus de la boîte étanche renfermant toutes les commandes électriques. Il ne l'avait pas entendue approcher et elle eut donc tout son temps pour s'installer.

— Aïe !

Evidemment, elle s'était piqué le doigt...

— Où en suis-je ? marmonna-t-elle.

Il y avait si longtemps qu'elle n'avait pas touché à cette nappe !

Un petit moteur se mit à ronronner et Harry se redressa enfin. Il l'observa d'un air sarcastique avant de lancer avec ironie :

— Quel tableau touchant !

Sans répondre, elle s'efforça d'enfiler son aiguille. En vain...

— Laissez-moi faire, dit-il.

Il y réussit du premier coup. Katie se sentait de plus en plus ridicule. Seigneur, pourquoi avait-elle suivi les conseils de tante Grace ?

Tête basse, évitant le regard d'Harry, elle se mit à broder une feuille au point de tige.

— Qu'est-ce que c'est ? interrogea-t-il.

— Une nappe.

— Un cadeau de Noël ?

— Non, un cadeau de mariage.

— Pour Marion ?
— Non, pour Marguerita, mon autre sœur.
Harry hocha la tête.
— Quelle est la date du mariage ?
— Le 15 décembre.
— Oh, vous aurez largement le temps de finir votre nappe.
— Cela m'étonnerait ! fit-elle sombrement. La date du mariage *était* le 15 décembre...
— L'année dernière ?
— Il y a deux ans, corrigea-t-elle d'un air piteux.
Harry éclata de rire.
— Katie, vous êtes trop drôle ! Maintenant, dites-moi qui vous a conseillé de venir vous installer ici avec votre broderie. Cette vieille sorcière de tante Grace ?
C'était dit avec tant d'affection qu'elle fut incapable de se mettre en colère.
— Oui... admit-elle.
Et, après un silence :
— Vous n'êtes pas trop fâché ?
Déjà, elle avait replié la nappe et l'avait rangée dans le sac en cretonne.
— Pas trop, assura-t-il.
Le moteur continuait à ronronner.
— Pourquoi avez-vous mis ce moteur en marche ? demanda Katie. A quoi sert-il ?
— A pomper l'eau de la piscine. Il faut la vider de temps en temps mais cette fois, c'était impératif.
— Pourquoi ?
— Vous ne voulez pas récupérer votre fauteuil roulant ?
— Si, bien sûr...
— D'autre part, l'acide des batteries s'est dilué dans l'eau. Qui voudrait se baigner dans une piscine pleine d'acide ?
Katie soupira.
— Je vous en cause, des soucis ! Depuis que je

suis arrivée cela n'a pas cessé. Je ferais mieux de rentrer à la maison !

Cette dernière phrase, qu'elle voulait affirmative, résonna en fait comme une question. Un peu timidement, elle leva les yeux vers Harry.

— Pas maintenant, déclara-t-il.

— Eloïse... commença-t-elle.

Elle s'interrompit. Il la regarda d'un air interrogateur et, très bas, elle déclara :

— Eloïse est partie.

— Je sais. Voulez-vous que je vous parle d'elle maintenant ?

— Vous n'y êtes pas obligé.

— J'y tiens. Je vous ai dit qu'elle venait d'une famille très pauvre et qu'il lui a fallu beaucoup lutter pour se faire une petite place au soleil. Malheureusement elle a choisi l'un des plus durs métiers qui soient. Elle a admis que jamais elle ne deviendrait célèbre et a choisi la sécurité...

— Le mariage.

— Elle s'est fiancé avec mon meilleur ami, un coureur automobile qui est mort dans une course. Avant sa mort, il m'avait fait promettre de veiller sur Eloïse... J'ai respecté scrupuleusement ma promesse.

— Eloïse voulait que vous l'épousiez...

— Veiller sur elle, d'accord. Mais pas au point de sacrifier ma propre existence ! Elle a été longue à le comprendre. Et le jour où elle a enfin regardé la réalité en face, elle s'est empressée de téléphoner à Gilles. Tout est clair maintenant ?

— Oui...

Elle n'en voulait plus du tout à Eloïse. Elle lui souhaitait même, et de tout son cœur, beaucoup de bonheur et beaucoup d'enfants.

— A quoi pensez-vous ? s'enquit Harry.

— A rien...

Elle sourit.

— Il va falloir que j'envoie à Eloïse un cadeau de mariage. Un très beau cadeau !

— Vous êtes bien généreuse...

— Je suis si contente qu'elle soit partie !

Le rire de Harry résonna de nouveau.

— Assez parlé d'Eloïse ! décida-t-il.

Il prit Katie dans ses bras. Les yeux clos, elle se laissa aller contre sa solide poitrine.

— Oh, Harry... fit-elle dans un soupir.

Elle s'attendait à un baiser qui ne vint pas. Mais ils étaient si bien, blottis l'un contre l'autre ! Et maintenant qu'Eloïse était partie, tous les espoirs n'étaient-ils pas permis ?

— Savez-vous que je suis le dernier des King de la vallée ? murmura-t-il soudain.

Le cœur de la jeune fille se mit à battre plus fort. Elle était persuadée qu'il allait prononcer des paroles décisives. Mais il demeura silencieux. Alors elle lui tendit une perche :

— Vous êtes le dernier des King, soit mais vous pouvez avoir assez d'enfants pour repeupler toute la vallée...

Il fit une petite grimace.

— Moi ? Me marier ? s'exclama-t-il avec ironie.

Il leva les yeux vers le ciel sombre.

— Il commence à pleuvoir. Rentrons vite.

Il se mit à courir en poussant le fauteuil roulant devant lui.

— Oh ! Je suis en train de me désintégrer ! s'écria Katie.

— Quoi ?

— Je veux dire que mon plâtre s'en va en morceaux.

— Le séjour dans la piscine ne lui a pas fait beaucoup de bien. Demain, après avoir conduit tante Grace et Mary à l'aéroport de Johnson City, nous irons à l'hôpital et on vous refera un plâtre.

— Tout va mal ! se lamenta la jeune fille. Il ne m'arrive que des ennuis...

Un peu plus tard, seule dans sa chambre, elle se rappela l'exclamation de Harry : « Moi, me marier ? » Il n'avait pas ajouté : « jamais », mais ce mot était sous-entendu...

Une larme perla à ses longs cils. Avec détermination, elle l'écrasa du bout de l'index.

10

Le lendemain matin, un grand vent agitait les branches des arbres et faisait grincer lugubrement un volet.

Katie tira sa couverture sur ses yeux. Elle n'avait aucune envie de se lever... Mais n'avait-elle pas promis d'accompagner tante Grace et Mary à l'aéroport ? Et ensuite, elle devait absolument passer à l'hôpital. Son plâtre s'émiettait littéralement...

Avec un soupir peu enthousiaste, elle sauta à cloche-pied jusqu'à la salle de bains et se mit à faire sa toilette dans le lavabo. A cause de son plâtre, elle n'avait pas osé se mettre sous la douche depuis l'accident.

Quand elle apparut enfin dans la cuisine, tout le monde l'attendait.

— Vite, Katie ! fit tante Grace. Nous partons dans un quart d'heure.

— Oui, dans un quart d'heure, grommela Harry en consultant sa montre. Sinon...

— Sinon quoi ? s'enquit la jeune fille d'un air candide.

— Sinon le ciel nous tombera sur la tête ! plaisanta tante Grace.

Harry, qui n'était pas d'humeur à rire, se contenta de hausser les épaules. Katie le regarda avec ressentiment. Ainsi, il ne voulait pas se marier ? Il préférait rester tout seul ? Toute sa vie ?

— Alors, on rêve ? lança-t-il de sa voix profonde.

Elle sursauta et renversa un peu de café sur sa jupe.

— Oh ! Regardez ce que vous m'avez fait faire !

— Est-ce de ma faute si vous êtes maladroite ?

— Maintenant il faut que j'aille me changer !

— Allez-y, mais dépêchez-vous !

— Pourquoi cette précipitation ? lança-t-elle, fâchée à son tour.

— Vous croyez que l'avion attendra Grace et Mary ?

Sans répondre, elle repartit vers sa chambre et troqua sa jupe tachée contre l'une de celles qu'elle avait achetées à Johnson City. Pour faire bonne mesure, elle changea aussi de chemisier...

Puis elle se dirigea directement vers le parking. Harry était déjà au volant de la Mercedes. Tante Grace s'installait à l'arrière, à côté de Mary. Katie se trouva donc obligée de s'asseoir à l'avant.

Harry démarra et la puissante voiture s'élança sur la route de montagne. Il conduisait d'une main, laissant l'autre posée sur le genou de sa passagère. Katie fronça les sourcils.

— Vous voulez changer les vitesses avec mon genou ?... Vous avez une voiture automatique, l'auriez-vous oublié ?

Harry se contenta de sourire. Mais il ne déplaça pas sa main.

A l'aéroport, ils firent leurs adieux à tante Grace et à Mary. Cette dernière embrassa amicalement Katie.

— A bientôt ! Dès que je serai opérée, je reviendrai, promit-elle.

Katie savait bien qu'à ce moment-là, elle serait partie. Et cela l'attrista...

Comme si elle avait deviné le cheminement de ses pensées, tante Grace déclara :

— Katie sera toujours là. J'ai rêvé d'elle la nuit dernière et les songes ne mentent jamais...

— Que disait ton rêve ? s'enquit Harry.

On appelait les passagers pour Knoxville à l'embarquement et tante Grace n'eut pas le temps d'en dire plus.

Après les derniers adieux, Katie et Harry regagnèrent la Mercedes.

— Enfin seuls ! s'exclama-t-il.

La jeune fille lui adressa un regard chargé de méfiance.

Avant de mettre le contact, il sortit un étui à cigarettes de sa poche.

— Cela ne vous ennuie pas que je fume ? demanda-t-il.

— Si, justement, cela me dérange ! s'entendit-elle affirmer avec force.

Il haussa les sourcils, pour une fois désorienté. Puis, sans ajouter de commentaire, il referma son étui en argent et le rangea dans la boîte à gants. Au passage, son bras effleura l'épaule de Katie qui eut un brusque mouvement de recul.

Harry la regarda sans mot dire. Puis, toujours en silence, il fit démarrer la voiture.

Katie s'était réfugiée à l'extrême bout de son siège. Elle se plaquait contre la portière comme un animal terrifié.

Ainsi, elle allait se trouver seule avec Harry dans cette grande maison ? Elle le savait, pourtant. Mais elle n'avait pas jusqu'à présent compris ce que cela impliquait. Et maintenant, elle avait peur... Peur de tout cet inconnu qui l'attendait.

Ils ne tardèrent pas à arriver à Erwin. Le Festival de la Pomme était terminé et l'on démontait déjà les baraquements édifiés pour l'occasion.

Un peu avant d'atteindre l'hôpital, Harry gara sa

voiture le long d'un trottoir et se tourna vers sa passagère.

— Si vous me disiez maintenant de quoi il en retourne ?

— Que... que voulez-vous dire ? balbutia-t-elle.

— Depuis que nous avons quitté l'aéroport, vous n'avez pas dit un mot !

— Mais, Harry...

— Mais, Harry ! se moqua-t-il.

Elle se fâcha.

— Une fois, vous m'avez dit que vous ne n'aimiez pas les femmes trop bavardes !

— Entre une femme trop bavarde et une muette, il y a une marge !

— Vous êtes injuste...

Il haussa les épaules.

— Ne détournez pas la conversation !

Et, avec agacement, il déclara :

— Bon ! Allons d'abord voir James !

— James ?

— Le médecin qui vous a fait ce plâtre, voyons.

Ce dernier les reçut presque immédiatement. Il examina le plâtre de Katie et décida aussitôt qu'il fallait le changer.

— Quelle idée, aussi, de sauter dans la piscine avec un plâtre ! s'exclama-t-il.

— Je suis tombée à l'eau involontairement, corrigea-t-elle. Avec mon fauteuil roulant.

— De mieux en mieux !

Il riait encore en coupant le plâtre à l'aide d'une petite scie électrique. Après avoir dégagé la jambe de la jeune fille, il appliqua un peu de crème sur les endroits irrités.

— Cela démange, n'est-ce pas ? fit-il avec bonne humeur.

— Terriblement ! admit-elle.

Harry avait disparu. Le médecin jeta un coup d'œil autour de lui avant de demander à mi-voix :

— Auriez-vous mauvais caractère, Miss Katie Russel ?

— Moi ? s'étonna-t-elle. Euh... pas spécialement.

— Vous savez, Harry est un homme très sympathique. Je suis son ami depuis vingt-cinq ans !

Il hocha la tête.

— Oui, je l'ai connu enfant !... Si j'étais une femme, je crois bien que...

Katie lui coupa la parole.

— Oui, mais vous n'êtes pas une femme !

— Cela ne m'empêche pas de juger.

Il examina la cheville de la jeune fille d'un air soucieux.

— Je vais refaire quelques radios. Si elles sont favorables, vous aurez droit à un plâtre de marche. Adieu le fauteuil roulant et bonjour les béquilles !

— Charmant...

— C'est un progrès, vous savez, assura-t-il.

Deux heures plus tard, Katie quittait l'hôpital appuyée sur des béquilles, et dotée d'un splendide plâtre de marche.

— Il est bien plus petit que l'autre ! s'exclama-t-elle.

— James a dit que vous deviez toujours vous reposer, lui rappela Harry.

— Je sais, je sais...

Le nouveau plâtre n'était pas spécialement élégant, mais beaucoup plus pratique. Déjà, la jeune fille se sentait en voie de guérison.

Ils reprirent la Mercedes. Mais au lieu d'entreprendre la montée, Harry descendit en direction de Johnson City.

— Pourquoi retournons-nous là-bas ? demanda-t-elle. Pourquoi ne rentrons-nous pas à la maison ? Euh... je veux dire : *chez vous ?*

Une fois arrivé en ville, Harry s'arrêta devant un drugstore.

— Vous m'attendez ?

Sans attendre sa réponse, il disparut avec l'ordonnance que lui avait donnée le médecin.

Restée seule, Katie pinça les lèvres.

Vous m'attendez... Comme il était sûr d'elle, cet homme qui refusait de songer au mariage.

« Mais que puis-je faire ? » songea-t-elle avec amertume. « Partir à cloche-pied jusqu'à l'Ohio ou la Caroline du Nord ? »

Elle ferma les yeux en s'adossant au confortable dossier du siège en cuir. Quand Harry revint un peu plus tard, il l'attira contre lui.

Elle le repoussa.

— Je vous en prie...

— Vous n'êtes pas très aimable, dites-moi !

— Ecoutez, Harry...

Elle s'interrompit avant de reprendre d'un trait :

— Si nous parlions d'autre chose ?

— De quoi ?

— Euh... d'Erwin, par exemple. C'est une jolie petite ville, n'est-ce pas ?

— Oh, oui...

— Je suppose que la population tire la plus grande partie de ses ressources de l'agriculture ?

— Il y a aussi deux ou trois usines...

Il éclata de rire.

— Nous pourrions aussi discuter du temps ? suggéra-t-il.

Son regard se fit plus aigu.

— Quel sujet voulez-vous éviter à tout prix, Katie ?

Elle lui fit face.

— Autant prendre le taureau par les cornes, murmura-t-elle.

— Allons-y !

— Une fois que nous serons à la maison — je veux dire : chez vous —, nous nous trouverons seuls.

Tout le monde est parti : tante Grace, Mary, Amanda... même Eloïse.

— Enfin seuls ! redit-il avec une étrange lueur dans les prunelles.

— Seuls dans un rayon de plusieurs kilomètres à la ronde, insista-t-elle.

Elle croisa les bras.

— Je ne crois pas que ma mère approuverait ce genre de situation !

— Mais...

Elle lui coupa la parole.

— Alors je voudrais que vous promettiez d'être sage ! Plus de baisers, plus rien...

Il hocha lentement la tête.

— Plus de baisers, plus rien... répéta-t-il d'un air lugubre. Si c'est ce que vous voulez, très bien, Miss Russel. Je serai sage !

— Promis ?

— A moins que vous ne me demandiez de vous embrasser.

— N'y comptez pas ! s'exclama-t-elle.

— Ceci étant établi, nous partons ? demanda-t-il.

— Oui, nous pouvons partir.

Elle le regarda entre ses cils baissés.

— Vous êtes très sûr de vous, Harry King. Je ne pense pas que vous plairiez à ma grand-mère...

— C'est vous qui m'intéressez, ma chère. Pas votre grand-mère !

— Ma grand-mère a pourtant son mot à dire. Dans son testament, mon père lui a confié une certaine somme qu'elle doit me remettre le jour de mes trente ans. A moins que je ne me marie avant.

— Dans ce cas ?

— Dans ce cas, j'aurais le droit de toucher cet argent.

— C'est une grosse somme ?

— Non...

— Et vous pensez que je ne plairais pas à votre grand-mère ?

— Pas du tout. Elle aurait vite fait de vous expédier en bas d'un précipice.

— Charmant ! Si jamais nous nous marions, nous tâcherons de la maintenir à distance.

Katie fronça les sourcils.

— Si jamais nous nous marions... répéta-t-elle d'une voix neutre. Je croyais que vous ne vouliez pas vous marier !

— Seuls les imbéciles ne changent jamais d'avis.

La jeune fille crispa ses mains l'une contre l'autre.

— Ecoutez-moi bien, Harry King ! Jamais je ne vous épouserai !

— Vous êtes fâchée parce que je ne vous ai pas présenté une demande en mariage dans les règles ? Désolé, mais j'ai oublié mes gants couleur beurre frais. Et comment voulez-vous que je mette un genou à terre dans cette voiture ?

Pourquoi tournait-il tout en dérision ?

— Demande en règle ou non, ma réponse est non ! tempêta-t-elle.

Elle leva les yeux au ciel.

— Comment tante Grace a-t-elle jamais pu s'imaginer que vous me plaisiez ?

Harry semblait trouver la scène très amusante. Plus elle se fâchait, plus il riait...

Ils roulèrent en silence pendant au moins cinq minutes. Puis Harry reprit la parole :

— Parlez-moi de votre beau-père, Katie.

Elle haussa les épaules.

— Que puis-je en dire ? C'est un bon photographe et un homme sympathique... même si nous ne sommes pas sur la même longueur d'ondes. Maman et lui s'entendent à merveille...

— Et vous ? Pourquoi ne vous entendez-vous pas avec lui ?

De nouveau, elle haussa les épaules.

— J'adorais mon père, constata-t-elle. Nous étions très proches... Quand maman s'est remariée, je n'étais pas prête à accepter un beau-père. C'est aussi simple que cela ! Alors je suis partie à la découverte du vaste monde...

Harry quitta la route nationale pour emprunter celle qui se lançait à l'assaut de la montagne en serpentant.

— Si jamais nous nous marions, dit-il encore, je...

Elle l'interrompit.

— Taisez-vous ! fit-elle en feignant de se boucher les oreilles. Jamais vous ne m'épouserez... D'ailleurs, votre projet est voué d'avance à l'échec !

— Quel projet ?

— Celui de m'épouser et d'éviter ma grand-mère.

— Cela ne devrait pas être particulièrement difficile.

— Vous vous trompez, mon cher ! Etant donné que ma grand-mère a le contrôle de mon argent, j'ai besoin de son autorisation pour me marier.

— Seigneur !

— Et ce n'est pas tout !

— Quoi encore ? gémit-il.

— Je jette des sorts, ne l'oubliez pas. Attention, sinon vous aurez la plus grosse crise d'urticaire que vous ayez jamais eue !

— Pfff ! Vous n'êtes pas commode... J'ai envoyé une sorcière à Knoxville et voilà qu'il m'en reste une autre sur les bras.

« Il a dit *sur* les bras et pas *dans* les bras », remarqua intérieurement Katie, quelque peu déçue.

Elle soupira. A quoi pouvait-elle s'attendre de la part d'un homme qui lui parlait mariage avec des « si » ? Et, surtout, sans qu'il soit le moins du monde question d'amour...

Harry gara la voiture dans le parking. Katie

s'empara de ses béquilles et, tout en claudiquant, se dirigea vers le pont.

Harry s'attarda en arrière. Elle pénétra dans le hall bien avant qu'il la rejoigne. Il arriva cinq minutes plus tard et l'enlaça.

Elle le repoussa.

— Et notre marché ? Vous l'avez déjà oublié ?

— Vous êtes dure, Katie...

— Vous ne savez pas encore à quel point ! Maintenant, je vais prendre une douche...

Elle baissa les yeux sur son plâtre et fit une grimace.

— Non, ce ne serait pas raisonnable, soupira-t-elle.

— Pourquoi pas ?

— L'eau de la piscine a abîmé mon premier plâtre. Je n'ai aucune intention de mettre celui-ci en morceaux !

— Je vais vous arranger quelque chose...

— Ce serait possible ? interrogea-t-elle à la fois soupçonneuse et pleine d'espoir.

— Bien sûr. Allez dans votre chambre. Dans cinq minutes, je vous apporterai tout le nécessaire...

Elle obéit. Sur le parquet ciré, ses béquilles avaient tendance à glisser et elle avançait à petits pas précautionneux.

Une fois dans sa chambre, elle commença à se déshabiller. Harry poussa la porte sans même frapper.

— Oh ! s'exclama-t-elle en se drapant dans sa robe de chambre. Vous auriez pu vous annoncer.

— Vous saviez bien que j'allais venir : je vous l'avais dit.

— S'il faut maintenant que je m'enferme à clé pour changer de vêtements !

— Inutile ! Je vous ai déjà vue en tenue d'Eve, vous ne vous en souvenez pas ?

Elle rougit violemment en se souvenant de la nuit

où, sans réfléchir, elle était allée se baigner dans le plus simple appareil.

— Alors, qu'avez-vous inventé ? demanda-t-elle avec curiosité.

— Voilà ! Vous vous assiérez sur ce tabouret de cuisine sous la douche…

— Et mon plâtre ?

— Nous y venons, pas d'impatience. Votre plâtre, nous allons l'empaqueter dans ce plastique…

— L'eau risque de s'infiltrer…

— Pas avec ces deux larges bandes en caoutchouc, plus ce ruban adhésif… Voulez-vous que je vous aide à mettre cette chaussette d'un genre un peu spécial ?

— S'il vous plaît.

Il s'exécuta avec adresse.

— Maintenant, ma jolie, sous la douche ! Voulez-vous que je vous frictionne le dos ?

Elle fronça les sourcils.

— Non !… Pourquoi êtes-vous ainsi, Harry ?

— Comment cela, « ainsi » ?

— Très gentil… et la minute suivante, absolument impossible !

— Ce n'est pas ma faute… J'ai eu une enfance très difficile, voyez-vous. Mes parents sont morts peu après la naissance d'Amanda. Je suis orphelin… Allez-vous enfin vous apitoyer sur mon sort ?

— Euh… non. Mais me dites-vous la vérité ?

— Bien entendu !

Un grand rire le secoua.

— Ne vous inquiétez pas, je ne suis nullement traumatisé ! Tante Grace nous a élevés, Amanda et moi. Et y a-t-il au monde quelqu'un de plus gentil que tante Grace ?

Katie secoua la tête.

— Jamais je ne vous comprendrai, Harry King ! Jamais !

Après son départ, elle alla prendre une douche

interminable. Puis elle s'aspergea de lotion parfumée. Enfin elle s'habilla et se sécha les cheveux.

Ce fut à ce moment-là qu'on vint frapper à sa porte.

— Qui est là ? demanda-t-elle.

— Devinez ! fit Harry.

Elle réprima un geste d'impatience.

— Qu'y a-t-il encore ?

— Le déjeuner est servi.

— Le déjeuner ! Vous avez préparé un repas vous-même ?

— Evidemment.

La bonne humeur de la jeune fille était déjà revenue.

— Comme je suis gâtée !

Appuyée sur ses béquilles, elle se rendit dans la cuisine. Harry s'était donné du mal... Il avait recouvert la table d'une nappe blanche et l'avait même ornée d'un bouquet.

— Bravo ! s'exclama Katie.

— Au menu, potage et croûtes au fromage...

— Mmm...

Il lui servit une assiette de soupe en boîte. Mais elle aurait été absolument incapable de deviner quel était le goût de cette soupe à l'origine car Harry y avait ajouté toutes les herbes et les épices possibles. Le piment emportait la bouche, et la jeune fille dut se forcer pour avaler quelques gorgées de ce liquide incendiaire.

— Cela vous plaît ? demanda-t-il.

— Très bon... prétendit-elle. Un peu piquant pour mon goût, cependant.

Elle réussit à venir à bout de son assiette.

— Un peu plus ? proposa Harry.

— Non, merci, s'empressa-t-elle de dire. C'était excellent mais une assiette suffit.

— Maintenant, les croûtes au fromage !

Il s'agissait de tranches de pain sur lesquelles il

avait posé un morceau de fromage avant de mettre le tout sous le gril.

— Elles sont un peu trop dorées, admit-il.

C'était un euphémisme... Ce qu'il servit était complètement carbonisé. Katie découvrit sous la couche noire quelques morceaux de pain mangeables.

« Il a fait des efforts, c'est un bon point en sa faveur, songea-t-elle. Mais ce soir, je m'occuperai du dîner, cela vaudra mieux ! »

Elle aida Harry à mettre les assiettes dans le lave-vaisselle.

— Ce n'est pas si compliqué de préparer un repas, déclara-t-il avec suffisance. N'importe qui peut s'en charger ! Même moi...

Katie préféra ne pas ajouter de commentaires. Après avoir mis le lave-vaisselle en marche, elle alla faire un tour dehors, toujours en claudiquant sur ses béquilles. Le vent avait fraîchi et la pluie menaçait.

— Je devrais prendre mon imperméable, murmura-t-elle. Si mes souvenirs sont exacts, il doit se trouver dans ma voiture...

Elle se dirigea vers le pont et s'arrêta à mi-chemin : la grille en fer forgé était close. Un énorme cadenas la condamnait.

Pourquoi Harry les avait-il enfermés ? Diverses émotion la submergèrent. D'abord l'étonnement, puis un certain malaise proche de la peur. Et enfin la colère...

Elle aperçut Harry dans le jardin et l'appela. Il la rejoignit aussitôt.

— Oui ?

— La grille est fermée... Pourquoi ?

— Ainsi, personne ne nous dérangera.

— Vous me gardez prisonnière ?

— Katie...

Il s'interrompit. Un taxi venait de se garer sur le parking. La jeune fille écarquilla les yeux.

— Non… s'exclama-t-elle. Par exemple ! Qui aurait jamais pu penser que…

Un éclat de rire silencieux la secoua.

— Harry, un visiteur ! lança-t-elle.

Il jeta un coup d'œil indifférent à la vieille femme toute vêtue de noir qui se dirigeait vers la grille.

— Je ne la connais pas. Tant pis pour elle : elle ne peut pas entrer !

— Vous feriez mieux de lui ouvrir.

— Sûrement pas !

— Vous feriez mieux, insista-t-elle : c'est ma grand-mère !

11

La grand-mère de Katie se laissa tomber sur un siège en soupirant.

— A mon âge ! Avoir écourté mes vacances à Miami pour entreprendre un pareil voyage en montagne !

Elle se tourna vers Harry.

— Quelle idée d'habiter si haut !

Cette réflexion le prit par surprise.

— Question d'habitude, marmonna-t-il enfin.

— Pfff !

Et, à l'adresse de sa petite-fille, elle ajouta :

— Quelqu'un — une certaine tante Grace, je crois ?

La jeune fille hocha la tête.

— Oui. Tante Grace...

— Eh bien, tante Grace a téléphoné hier à ta mère en lui racontant que tu te trouvais à la merci de cet individu...

Elle toisa Harry sans aménité avant d'ajouter :

— De plus, avec ta cheville cassée, tu te trouves très handicapée. Voudrais-tu t'enfuir que tu ne le pourrais pas.

Elle haussa les épaules.

— Tu connais ta mère ! Au lieu de raconter tout cela à son mari, elle m'a téléphoné. Et me voici !

Son regard aigu se posa de nouveau sur Harry.

— Donc, je me trouve en présence de l'individu en question ? Comment vous appelez-vous, mon garçon ?

— Harry King, madame.

Il sourit.

— Vous ressemblez beaucoup à votre petite-fille, madame.

— Dites plutôt que ma petite-fille me ressemble ! Je suis née bien avant elle !

Elle hocha la tête.

— Voici maintenant soixante et onze ans de cela ! Vous imaginez ? Soixante et onze ans ? Et il y a encore quelques mois, Katie et moi avions la même silhouette. Plus maintenant ! Comme tu as maigri, mon petit ! Un véritable épouvantail... Ils ne t'ont pas nourrie convenablement, dis-moi ?

A ce moment-là, on frappa à coups redoublés.

— Allez ouvrir, mon garçon, ordonna Mme Russel.

— Je me demande bien qui...

Il n'eut pas le temps d'en dire plus : on tambourinait plus fort à la porte.

— J'y vais, décida-t-il.

Il disparut et revint trente secondes plus tard accompagné par un homme de petite taille aux cheveux blancs.

— Cette dame a dit que vous paieriez le taxi, monsieur King, dit-il. Elle a pris place dans ma voiture à l'aéroport de Johnson City et m'a demandé de l'amener ici en assurant que vous régleriez le montant de la course à l'arrivée.

— Entendu, entendu, je paie ! grommela Harry. Combien voulez-vous ?

Quand le chauffeur lui dit à combien s'élevait la somme inscrite au compteur, il haussa les sourcils. Il sortit cependant son portefeuille et paya sans rechigner.

— Eh bien, Katie ! fit Mme Russel sur un ton de reproche. C'est ainsi que tu me reçois ? Tu ne m'offres même pas une tasse de café ? En voilà une drôle d'hospitalité ! A moins que tu n'aies le droit de toucher à rien ?

La jeune fille rougit.

— Si, bien entendu ! Je suis libre, voyons...

Et, avec effort, elle demanda :

— Aimerais-tu un peu de café, grand-mère ?

— Volontiers. Fais-en aussi pour le chauffeur de taxi.

Et, à l'adresse de ce dernier :

— Vous n'allez pas repartir sans prendre quelque chose !

— Je ne refuserai pas un petit café, assura-t-il.

Harry leva les yeux au ciel et Katie éclata de rire. Puis elle s'empressa d'aller préparer le café. Elle ne tarda pas à revenir avec la cafetière pleine et quatre tasses.

— Dites-moi, monsieur King, fit Mme Russel en sirotant son café, que faites-vous dans la vie ?

— Je suis inventeur.

Le chauffeur de taxi se pencha en avant avec intérêt.

— Un inventeur ! répéta-t-il.

La grand-mère de Katie fit une grimace.

— Cela signifie que vous n'avez pas d'emploi régulier ?

Un sourire détendit les lèvres sensuelles d'Harry.

— Je suis mon propre maître, répondit-il enfin.

— Cela ne me semble guère sérieux... Je préférerais que vous ayez un métier stable. Vous n'aimeriez pas devenir chauffeur de taxi, par exemple ? Il fallait faire la queue à l'aéroport de Johnson City pour en avoir un. S'ils étaient un peu plus nombreux, les clients seraient mieux servis.

Harry avait peine à ne pas manifester bruyamment son hilarité.

— Savez-vous conduire, seulement ? interrogea Mme Russel.

— Un peu...

— Alors vous pouvez devenir chauffeur de taxi.

Il secoua la tête.

— Cela ne me plairait pas. Les clients sont trop bavards.

— Ah, vous avez bien raison ! fit le vrai chauffeur de taxi d'un air pénétré. A peine assis, ils se mettent à parler et ils ne se taisent qu'à l'arrivée...

Il termina sa tasse de café d'un trait.

— Vous retournez travailler, maintenant ? suggéra Katie.

Il se leva.

— Ma foi, oui...

Harry le reconduisit. Restée seule avec sa grand-mère, Katie lui adressa un regard timide. La terrible vieille dame croisa les bras.

— J'ai bien fait de venir ! lança-t-elle. Tu es dans une terrible situation...

— Mais non, grand-mère ! Je...

— Je connais ce genre d'homme ! Sais-tu à qui il me fait penser ?

— Non.

— Je ne le sais pas non plus, mais il me fait penser à quelqu'un, c'est certain !

Et, sans autre préambule :

— Il veut t'épouser ?

— Euh... pas vraiment.

— Je m'en doutais bien. Il n'est pas sérieux ! Ecoute-moi bien, ma petite fille ! Demain matin, nous partirons pour l'Ohio. C'est bien compris ? Tout le monde t'attend là-bas. Tu ne veux tout de même pas manquer le mariage de ta sœur ?

— Non, évidemment.

— Tu es amoureuse ?

Katie sursauta.

— Je... je ne sais pas très bien.

— Voilà le grand problème de cette génération. Les jeunes ne savent pas ce qu'ils veulent !

— Mais...

— Tu ne peux pas écouter ton cœur, et non ta tête ?

— Tu sais, grand-mère, je...

Elle s'interrompit : Harry venait de les rejoindre.

— Alors, où en sommes-nous ? interrogea-t-il.

— Nous parlions de vous, mon garçon. Ainsi, vous n'avez pas de métier et vous songez à vous marier ?

— Si j'épousais une riche héritière, tous les problèmes se trouveraient résolus, plaisanta-t-il.

Puis il redevint sérieux.

— Mais ne vous inquiétez pas, j'ai plus qu'il n'en faut pour vivre. Certaines inventions peuvent être très rentables, figurez-vous.

— Ah ?

Il détourna le sujet de conversation.

— Voulez-vous que je prépare le déjeuner ?

La grand-mère de Katie eut l'air heureusement surpris.

— Ah ! Vous savez faire la cuisine ? C'est un bon point, cela !

Katie sursauta. A aucun prix, il ne fallait que Harry s'occupe du déjeuner ! Ce serait la catastrophe assurée...

— Je me charge du repas, déclara-t-elle.

Elle reprit ses béquilles et partit en boitillant vers la cuisine.

— Comment as-tu fait pour te casser le pied, mon petit ? interrogea Mme Russel.

— Un... un accident.

— Dans quelles circonstances ? Expliquez-moi cela, monsieur King.

— Katie voulait faire des photos. Je l'ai emmenée au sommet d'une montagne...

— Et alors ?

— Alors une pierre s'est détachée d'une paroi rocheuse et lui a frappé la cheville.

— Il fallait qu'elle se trouve là juste à ce moment-là !

— A vrai dire, je...

Elle l'interrompit.

— Je comprends tout ! s'écria-t-elle. C'est vous qui avez fait tomber cette pierre sur le pied de Katie !

— C'est cela ! assura-t-il. J'ai fait tomber la pierre sur son pied et je l'ai cassé ! Le pied, pas la pierre...

— Ne vous mettez pas en colère, mon garçon, voyons ! Parlez-moi maintenant de la noyade.

— La... la noyade ?

— Qui a poussé Katie dans la piscine ? Vous ?

Katie intervint.

— Mais non, grand-mère ! Je suis tombée... accidentellement à l'eau. Et Harry a plongé pour me porter secours. Il m'a sauvé la vie !

— Ce sera retenu en sa faveur ! fit Mme Russel d'un air impérial. Maintenant, mon garçon, faites-moi visiter votre propriété pendant que Katie prépare le déjeuner.

La jeune fille se rendit dans la cuisine. Tout en confectionnant un rapide repas, elle réfléchissait.

Pourquoi sa grand-mère avait-elle entrepris un tel voyage ? Pour la chercher, tout simplement ? Pour l'arracher aux griffes de celui qu'elle considérait comme un vil séducteur ?

Katie soupira. Après le départ d'Eloïse, elle avait cru que tout deviendrait simple. Hélas, ce n'était pas le cas. Toujours, elle se souviendrait des paroles ironiques de Harry : *Moi, me marier ?* Et ce *jamais* qu'il n'avait pas prononcé mais qui était clairement sous-entendu...

Sa grand-mère et Harry ne tardèrent pas à la rejoindre. Elle mit les steaks à griller et les servit avec une salade.

— Donc, nous passerons la nuit ici, décida Mme Russel. Et demain matin, dès la première heure, nous partirons pour l'Ohio !

Avec une maladresse touchante, elle tenta de rasséréner Harry.

— Vous savez, mon garçon, ce n'est pas si mal de fabriquer des jouets... Vos petits trains sont très amusants !

Ainsi, Harry l'avait emmenée visiter son atelier. Et apparemment, elle n'avait rien compris...

Elle termina son repas et se leva.

— Maintenant, j'aimerais me reposer un peu. Je me suis levée à l'aube et les voyages me fatiguent toujours...

— Quelle chambre lui donnez-vous, Harry ? demanda la jeune fille.

— Celle d'Eloïse ? suggéra-t-il.

— Très bien.

Elle conduisit sa grand-mère au deuxième étage.

— Ce garçon est sympathique dans un sens, commenta la vieille dame. Mais il est beaucoup trop autoritaire ! C'est le genre d'homme à qui on donne la main et qui vous prend tout le bras !

— Tu ne l'aimes pas ? demanda Katie.

Soudain, son cœur s'était alourdi. Ainsi, il existait au monde des gens pour ne pas trouver Harry sympathique !

— Je crois que j'ai bien fait de venir, murmura Mme Russel sans répondre à la question de sa petite-fille.

— Mais...

— Maintenant, mon petit, laisse-moi me reposer, s'il te plaît.

Tête basse, Katie redescendit. Harry l'attendait.

— Quelle femme ! s'exclama-t-il. Dans une cinquantaine d'années, vous lui ressemblerez !

— Peut-être... fit-elle avec indifférence.

Elle haussa les épaules.

— Je ne sais pas très bien où j'en suis en ce moment. Ce n'est pas pour me préoccuper de ce qui se passera dans cinquante ans...

— Vous lui ressemblez, insista-t-il.

— Un peu... admit-elle.

— Katie !

En quelques enjambées, il la rejoignit et lui prit les mains.

— L'arrivée de votre grand-mère a désorganisé tous mes plans...

— Je le suppose, oui, murmura-t-elle.

— Mais c'est sans importance. Katie, vous me plaisez ! Voulez-vous m'épouser ?

Elle fronça les sourcils. *Vous me plaisez...* Ce n'était pas suffisant ! Elle voulait un mariage d'amour. Ou rien...

— Que vous arrive-t-il ? demanda-t-elle avec froideur. Il y a quelques jours, vous ne vouliez pas vous marier. Auriez-vous déjà changé d'avis ? Ma grand-mère aurait-elle essayé de vous convaincre que je serais une femme idéale pour vous ?

— Pas du tout !

Il éclata de rire.

— Je dois avouer que sa visite m'a donné à réfléchir. C'est une femme exceptionnelle, tout comme vous. Et la perspective de passer soixante ans auprès d'une femme de ce genre a beaucoup d'attraits... Nous ne manquerons jamais de sujets de discussion, il me semble ! Quelle vie passionnante en perspective !

Il plongea son regard dans le sien.

— Eh bien ?

Elle dégagea ses mains et s'empara de ses béquilles.

— Pas de réponse, Katie ? insista-t-il.

« Dites-moi que vous m'aimez, et tout sera différent ! » supplia-t-elle intérieurement.

Hélas il ne prononça pas les mots dont elle rêvait.

Le lendemain matin, sa grand-mère vint l'éveiller. Elle s'assit sur son lit et se frotta les yeux.

— Seigneur ! Mais quelle heure est-il ?

— Déjà dix heures ! Vite, debout ! La pluie menace de nouveau et j'ai bien peur qu'une tempête n'éclate !

— Mais...

— Nous partons aujourd'hui, Katie !

— Mais...

— J'aimerais bien être dans la plaine si une tempête survient. Ces montagnes ne me disent rien qui vaillent !

— Tu... tu veux vraiment partir aujourd'hui ?

— Bien entendu. Allons, mon petit, prépare-toi.

Elle pinça les lèvres.

— Tu crois qu'il est le seul homme au monde ?

— Euh... non.

— Dans ce cas, debout ! Nous t'attendons dans la cuisine.

— Nous ?

— M. King et moi. Il a gentiment proposé de préparer le petit déjeuner.

Katie leva les bras au ciel.

— Lui ? Préparer le petit déjeuner ? Ce sera absolument immangeable !

— Laisse-le se débrouiller, mon petit. Cela lui fera du bien.

Elle eut un demi-sourire.

— Tu sais, il n'a guère dormi cette nuit et il a une mine à faire peur !

Elle considéra sa petite-fille d'un air soucieux.

— Mais toi non plus, tu n'as pas beaucoup dormi ! Le moment de la réflexion est passé ! Allons, file dans la salle de bains ! Remue-toi un peu !

Un peu plus tard, Katie retrouva sa grand-mère et Harry. Tous deux, attablés dans la cuisine, terminaient leur petit déjeuner.

Sans enthousiasme, la jeune fille contempla les toasts carbonisés. Les œufs brouillés étaient beaucoup trop cuits. Pourtant sa grand-mère semblait se régaler.

— Prendre la route par un temps pareil, c'est de la folie, déclara Harry en jetant un coup d'œil par la fenêtre.

Des nuages noirs s'amoncelaient à l'horizon. La grand-mère de Katie ne s'était pas trompée en prétendant que la tempête menaçait.

« Pauvre Harry ! songea la jeune fille. Il est incapable de vivre seul... Qui lui préparera ses repas ? »

Elle crispa les mâchoires. Harry s'était jusqu'à présent très bien débrouillé. Il y avait eu Eloïse et avant elle, probablement beaucoup d'autres...

— Ne vous inquiétez pas, fit Mme Russel. Katie conduit très bien. Et nous n'irons pas loin !

— Comment cela ?

— Jusqu'à l'aéroport le plus proche. Nous y laisserons la voiture et prendrons un avion pour Humbersville. Marion se marie bientôt ! Pour rien au monde je ne voudrais manquer le mariage de ma petite-fille.

— Moi non plus, fit tristement Katie.

Marion allait se marier...

« Et pourquoi pas moi ? La vie est injuste ! » se dit-elle, au bord des larmes.

— Katie n'a pas conduit depuis longtemps ! remarqua Harry.

Elle crut saisir une note de désespoir dans sa voix. Puis elle se dit que son imagination lui jouait des tours...

— Et comment se débrouillera-t-elle avec son plâtre ? insista-t-il. Elle...

— Ne vous inquiétez pas pour elle, coupa la grand-mère de la jeune fille.

Elle se tourna vers cette dernière.

— As-tu fini ton petit déjeuner ?
— Euh... oui. Nous partons maintenant ?
Elle avait l'impression de ne plus être dotée de volonté propre. Sa grand-mère avait pris la direction des opérations et tout ce qui lui restait à faire, c'était d'obéir.
— Tu sais, lui dit Mme Russel, Teddy Malson est de retour à Humbersville.
— Je me moque de Teddy Malson ! s'écria-t-elle.
— Autrefois, tu t'entendais bien avec lui.
Elle haussa les épaules.
— Quand j'avais quinze ans ! J'ai changé, grand-mère. Et lui aussi...

Un quart d'heure plus tard, les bagages avaient été chargés dans la petite Volkswagen. Mme Russel venait de s'asseoir sur le siège du passager et Katie ne se décidait pas à prendre place derrière le volant. Harry ne lui avait pas fait ses adieux. Et il demeurait invisible. Il ne lui dirait donc pas au revoir ?
Son cœur se gonfla. Elle avait grand-peine à retenir ses larmes.
— Dépêche-toi, Katie ! lui dit sa grand-mère. Il va pleuvoir ! Mais qu'attends-tu donc ?
« Je lui laisse encore une minute ! » songea-t-elle en se tournant vers la maison nichée dans une vallée au creux de la montagne.
Une fois, déjà, elle avait tenté de partir. Mais Harry l'avait retenue... Aujourd'hui, il ne viendrait pas ?
« Probablement pas ! » fit-elle, de plus en plus déprimée.
— Dépêche-toi, Katie ! répéta sa grand-mère. Allons, un peu de courage. Tu as quand même un minimum de fierté, non ?
Faisant appel à tout son courage, Katie prit enfin place. Elle mit le contact et tout de suite, le moteur

se mit à ronronner. Elle eut par contre plus de mal à embrayer, à cause de son plâtre. Mais elle ne tarda pas à s'habituer à ce poids inaccoutumé qui la rendait si maladroite.

Lentement, elle descendit la route de montagne en lacets avant de rejoindre la route nationale.

La pluie commença à tomber. D'abord quelques gouttes salirent le pare-brise, puis ce fut l'averse. Une averse sans fin qui crépitait furieusement sur le toit du véhicule.

« Tout le monde pleure, songea la jeune fille avec amertume. Même le ciel... »

Cette fois, elle ne réussit pas à contenir ses sanglots. Elle hoquetait, les épaules secouées par une terrible crise de larmes.

Aveuglée par ses pleurs et par la pluie, elle prit un virage un peu trop à gauche. Elle tenta de redresser sa voiture mais au lieu de cela, la petite Volkswagen se déporta encore plus sur le côté.

Alors elle freina de toutes ses forces, ce qui ne changea rien car la voiture se trouvait emportée par son propre élan sur la boue. Et soudain, elle piqua du nez dans le fossé.

— Oh non ! s'exclama-t-elle en appuyant à fond sur la pédale de frein.

Le véhicule se trouvait maintenant presque à la verticale dans le profond fossé boueux. Le moteur ronronnait toujours mais toute manœuvre était désormais impossible.

— La voiture n'a aucun mal, c'est déjà cela ! fit Mme Russel avec une certaine ironie. Mais il faudra au moins un tracteur pour la sortir de là !

Avec précaution, Katie réussit à sortir. Ses pieds s'enfoncèrent dans la boue au moins jusqu'à la cheville. Désolée, elle examina son plâtre.

— Il va de nouveau tomber en morceaux ! soupira-t-elle. Décidément, je n'ai pas de chance ! Ne bouge pas d'ici, grand-mère. Je vais chercher du secours.

— Très bien, fit la vieille dame d'un ton résigné... On ne peut pas lutter contre le destin. J'ai essayé... Tu vois le résultat ? Va vite !

Péniblement, Katie réussit à sortir du fossé en s'aidant de ses mains et de ses béquilles. Quand elle arriva sur la route, elle était non seulement trempée mais aussi pleine de boue...

« Je vais essayer de faire de l'auto-stop, se dit-elle. Mais qui voudra me prendre dans cet état ? Et il y a si peu de circulation que je risque d'attendre des heures. »

Elle se tordit les mains.

Que faire ?

Courageusement, elle se mit à marcher vers le village qu'elle apercevait en contrebas.

« J'y arriverai peut-être dans une heure ou deux ! songea-t-elle. Il n'est pas si loin, mais j'avance à une allure de tortue. »

Perdue dans ses pensées, elle n'entendit pas une voiture arriver par-derrière.

— Katie !

Saisie, elle se retourna. Quand elle aperçut la Mercedes noire, elle laissa choir ses béquilles.

— Harry ! s'exclama-t-elle d'une voix étranglée.

— Seigneur, Katie !

Harry sortit de voiture d'un bond et la prit dans ses bras.

— Mais vous êtes toute mouillée.

Elle retrouva son humour.

— Il pleut, vous savez !

Et, se dégageant brusquement, elle déclara :

— Il faut absolument aller au secours de ma grand-mère ! Elle est coincée dans la Volkswagen et...

— Ne vous inquiétez pas, votre grand-mère est ici.

— Où, ici ?
— Dans ma voiture.
— Mais...
— Pas de discussion, Katie. Plus de discussion ! C'est fini, ce temps-là...
Il secoua la tête.
— Dieu, que j'ai été bête ! Comment ai-je pu vous laisser partir ?
Il la secoua.
— Et perdre toutes ces semaines... Mais maintenant, la comédie est terminée, ma chère ! Vous allez m'épouser, espèce de petite sorcière !
— Sorcière ! protesta-t-elle. Mais je ne suis pas une sorcière !
— Si ! Une petite sorcière écervelée...
— Attention, Harry ! Vous vous croyez très malin vous-même ? Si vous l'étiez, vous ne resteriez pas dehors sous la pluie.
Il la secoua de nouveau sans douceur.
— Et vous ? Mais cette fille est folle ! Aussi folle que sa grand-mère...
— Vous n'aimez pas ma grand-mère ?
— C'est elle qui ne m'aime pas.
— Bizarre.... D'habitude, ma grand-mère est très tolérante. Elle accepte les gens comme ils sont, avec leurs qualités et leurs défauts...
— Trêve de discours ! Venez... Nous allons nous marier, tous les deux...
Il la contempla avec tendresse avant de se mettre à rire bruyamment.
— Ah ! Vous êtes jolie avec vos cheveux ruisselants ! Et comment avez-vous fait pour mettre votre voiture dans le fossé ? Votre grand-mère qui prétendait que vous conduisiez bien...
— J'ai fait exprès de la mettre dans le fossé ! s'écria-t-elle rageusement. Et écoutez-moi bien, Harry King ! Jamais je ne vous épouserai ! Jamais... Vous avez entendu ?

— Je ne suis pas sourd. D'ailleurs, vous avez crié si fort qu'on vous a sûrement entendue à dix lieues à la ronde.

Il la reprit dans ses bras.

— J'ai téléphoné hier soir à votre mère. Elle pense aussi que vous devriez m'épouser. Tout comme tante Grace !

Il fronça les sourcils.

— Qui est Teddy Malson ?

Ainsi, il avait même retenu son nom ! Serait-il jaloux ?

— Un ami d'enfance. Ma grand-mère ne l'appréciait pas beaucoup, lui non plus... Mais pourquoi n'allons-nous pas à l'abri ? Je commence à avoir froid...

— Bien sûr !

Il la prit par la main et l'entraîna vers la voiture. Comme elle avait du mal à marcher, il la souleva sans effort, la transporta et la déposa à l'avant du véhicule.

Katie se tourna vers sa grand-mère qui, assise au milieu de la banquette arrière, lisait un journal avec beaucoup d'attention.

— Comment vas-tu, grand-mère ?

— Très bien. Ce n'était pas très intelligent de rester dehors sous la pluie. Vous aviez tant de choses à vous dire ?

— Euh... oui et non.

Elle se tourna vers Harry.

— Qu'avez-vous dit tout à l'heure ?

— Que je vous aime et que je veux vous épouser.

Elle écarquilla les yeux.

— Vous... vous m'aimez ?

— Evidemment ! Sinon je ne voudrais pas vous épouser, voyons !

Elle avala sa salive.

— Vous m'aimez ? répéta-t-elle, n'en croyant pas ses oreilles.

— Cela ne se voit pas ?

— Oh ! Harry... murmura-t-elle.

Et elle se mit à pleurer.

— Nous nous marierons le même jour que Marion, décida-t-il.

— Elle sera furieuse ! Nous ne pouvons pas agir de la sorte, voyons...

— Elle est entièrement d'accord ! protesta Harry. Je lui ai parlé, ainsi qu'à votre mère. Tout le monde semble ravi...

Mme Russel posa sa main diaphane striée de grosses veines bleues sur l'épaule de sa petite-fille.

— J'ai enfin trouvé à qui il me faisait penser ! A un homme impossible : ton grand-père !

— Un homme impossible ? s'étonna Katie.

— Et merveilleux, aussi. Nous avons passé un demi-siècle ensemble...

Katie hésita.

— Alors tu crois que je devrais...

— Fais ce que te dicte ton cœur, mon petit.

La jeune fille pleurait toujours.

— Qu'est-ce qui ne va pas, maintenant ? s'enquit Harry.

— Pourquoi n'aurais-je pas le droit de pleurer ? rétorqua-t-elle. Quand on la demande en mariage, une fille peut bien verser une larme ! Même si son « promis » ne lui a pas parlé d'amour éternel, même s'il ne lui a pas offert de roses...

Harry l'attira contre lui et elle sentit les battements de son cœur s'accélérer follement.

— Je vous aimerai toujours, Katie, vous le savez bien, fit-il avec douceur.

— Harry...

Il eut un petit rire.

— Si vous tenez aux roses, je vous en offrirai une quand nous traverserons Edwin !

En riant plus fort, il ajouta :

— Après cela, j'irai vous acheter un mouchoir.

Il la contempla d'un air critique.

— Ce ne sera pas suffisant. Il vous faudra au moins une serviette de bain pour éponger toutes ces larmes ! Ah ! Vous n'êtes pas jolie quand vous pleurez !

L'indignation souleva Katie, dont les larmes se tarirent du même coup.

— Merci ! s'exclama-t-elle. Vous savez tourner un compliment, vous !

— Du calme, Katie ! N'oubliez pas que vous parlez à un futur chef de famille. Ne vous imaginez surtout pas que vous commanderez à la maison...

— Charmant !

— Et après notre mariage votre grand-mère ne s'approchera pas de vous sans une invitation en règle !

La vieille dame se mit à rire. Puis, discrètement, elle fit mine de s'absorber dans sa lecture.

Harry enlaça Katie. Elle ferma les yeux et lui tendit ses lèvres. Il les lui prit dans un baiser infiniment tendre. Puis, à contrecœur, il la lâcha.

— Maintenant, c'est décidé, nous nous marions ? demanda-t-il.

— C'est vous qui commandez, mon seigneur et maître, répondit-elle, narquoise.

— Dans ce cas, marché conclu !

A l'arrière du véhicule, Mme Russel toussota.

— Quand partirons-nous ? interrogea-t-elle. N'oubliez pas que j'ai un avion à prendre, mes enfants !

Avec brusquerie, elle repoussa le journal qui semblait tant l'intéresser l'instant d'avant.

— Quant à ce quotidien, il date de la semaine dernière ! On ne peut pas dire qu'il soit spécialement d'actualité...

12

Un an et demi s'était écoulé depuis que Harry et Katie avaient promis de s'aimer pour toujours.

La jeune femme, allongée sur un transat près de la piscine, s'étira paresseusement.

— Oh ! Quel merveilleux paysage... murmura-t-elle.

Elle ne cessait d'admirer le panorama des montagnes. Au printemps, les pentes se couvraient de fleurs et les touristes flânaient dans les chemins qui s'élançaient à l'assaut des sommets.

A quelques pas de Katy, Mary s'efforçait d'utiliser tous ses doigts sur le clavier d'une machine à écrire, sous la direction de tante Grace.

L'intervention chirurgicale qu'elle avait subie avait pleinement réussi et elle marchait maintenant normalement.

Elle abandonna un instant sa machine à écrire pour adresser à Katie un regard chargé de reconnaissance.

— Grâce à vous, je vais devenir une bonne secrétaire ! Je pourrai trouver un emploi intéressant... Comment vous remercierai-je jamais ?

— C'est Harry qu'il faut remercier ! C'est lui qui a eu cette idée.

Ce dernier les rejoignait, justement. Katie suivit

des yeux son mari tandis qu'il traversait la pelouse et son cœur fit un bond dans sa poitrine.

« On dirait un ours, songea-t-elle. Ou un grand fauve... »

Harry s'assit près d'elle et lui tendit une lettre.

— Devine qui nous écrit !

— Aucune idée...

— Eloïse !

— Non ! Que peut-elle bien raconter ?

Harry se mit à rire.

— Je te le donne en mille... Elle attend un bébé !

— Par exemple ! s'exclama tante Grace. Elle qui refusait toujours de s'occuper de John, je voudrais bien la voir avec son propre enfant.

— Je suis sûre qu'elle sera très maternelle, murmura Katie.

Tante Grace se leva.

— Vous venez, Mary ? Votre mère vient d'arriver... Nous devons faire des confitures.

Katie les regarda s'éloigner ensemble.

— Pauvre tante Grace, commenta-t-elle. Elle vieillit...

— Comme nous tous !

— Mais son arthrite ne la fait plus souffrir, heureusement.

— Elle n'a jamais eu d'arthrite de sa vie ! protesta Harry.

— Pourtant...

— Tante Grace est une grande comédienne, assura-t-il. Quand elle veut arriver à un but, elle est prête à tout.

— Et y arrive-t-elle ?

— La preuve : elle voulait que je t'épouse.

— Et tu m'as épousée...

Un sourire détendit les lèvres de la jeune femme.

— A quoi penses-tu ? s'enquit Harry.

— A ce mariage... Quand nous sommes arrivés à Humbersville j'ai eu à peine le temps d'enfiler la robe de mariée de grand-mère. On nous attendait déjà à l'église ! Et j'ai fait tomber mes béquilles au milieu de l'allée centrale...

— Tu aurais pu te marier en fauteuil roulant...

— Quand même pas ! protesta-t-elle en riant. Je ne...

Elle s'interrompit brusquement en entendant un faible vagissement.

— Harry Junior est réveillé !

Elle courut vers le berceau et prit son fils dans ses bras. A trois mois, c'était déjà un magnifique bébé.

Harry enlaça la mère et l'enfant avec une infinie tendresse. Katie leva les yeux vers lui. Des yeux pleins d'étoiles...

— Harry... murmura-t-elle.

— Je t'aime.

Elle sourit.

— Moi aussi, mon inventeur chéri.

Son sourire s'agrandit.

— Que fais-tu, en ce moment ? Oh ! J'ai une idée...

— Dis toujours.

— Invente-moi un nouveau paradis.

Il l'étreignit plus fort.

— Tu ne trouves pas que nous sommes déjà au paradis ?

VOUS LIREZ
LE MOIS PROCHAIN DANS
LA COLLECTION HARLEQUIN...

La baie de diamant, *Rosalie Henaghan*

Mark Findlay est un homme d'affaires dur, intransigeant. Il n'est pas facile de travailler pour lui. Mais si, de plus Anna tombe amoureuse de lui, son existence va devenir un enfer !

Noël pour toujours, *Jean S. MacLeod*

Lucy est ravie de partir en Suisse pour aider la baronne Liperdorf à rédiger ses mémoires. Cependant, elle ne comprend pas l'hostilité du Dr Conrad à son égard. Serait-ce un crime de travailler au château ?

Peur de vous perdre, *Madeleine Ker*

Philip Casson n'est pas du tout le banquier type. Beau, jeune, il est aussi passionné de courses automobiles. Et c'est bien ce qui empêche Lana de voir en lui autre chose qu'une relation d'affaires.

Mission délicate, *Rosemary Carter*

Rédiger la biographie de Ross Dolby est un bon début pour la carrière d'écrivain de Kirby. Mais le célèbre peintre est aussi un homme fort séduisant. Or Kirby ne veut plus jamais tomber amoureuse.

Juste un baiser, *Alison Fraser*

Kate avait entendu dire du bien de Van Fitgerald. Or à leur première rencontre, il la prend pour une prostituée. À la seconde, il lui vole un baiser. A la troisième, il lui propose un emploi...

Le plus beau des cadeaux, *Rose Gunn*

Pour rendre service à sa belle-sœur, Janet accepte d'aller rencontrer Joachim de Valle en Colombie... Mais elle ignore qu'elle va également au devant des pires ennuis !

Au bord du Grand Canal, *Sally Wentworth*

Petra est folle d'inquiétude : partie pour Venise avec un certain comte Berini, son amie Sara a disparu. Une seule solution : aller résoudre le problème au palais même de ce fameux séducteur.

A la recherche du cœur perdu, *Lindsay Armstrong*

Lyne s'est peut-être montrée légère vis-à-vis de Piers Marchmont. Mais est-ce une raison pour que David, le frère de Piers, l'oblige à devenir sa propre femme ? Il veut lui faire expier son "crime".

BON A RETOURNER DÈS AUJOURD'HUI
A HARLEQUIN PRESTIGE
EDIMAIL S.A. 75785 PARIS CEDEX 16

Oui, envoyez-moi mon volume relié gratuit de la collection Harlequin Prestige. Etant satisfaite, je n'aurai rien à faire et je recevrai un nouveau volume relié tous les deux mois, au prix exceptionnel de 46 Frs seulement (+ 7,50 Frs de frais d'expédition). (*)

Si en revanche, je ne suis pas satisfaite, il me suffira de vous en faire part et je ne recevrai aucun autre volume. Je conserverai néanmoins mon volume gratuit.

ÉCRIRE EN MAJUSCULES, MERCI. **QBST**

Mlle ☐
Mme ☐ Nom
M. ☐
Prénom

N° Rue

Code postal Localité

N° de cliente éventuel

(*) Tarif en vigueur au 01/06/86

Signature obligatoire

(celle des parents ou du tuteur légal pour les mineures)

Offre valable jusqu'au 15/11/86
Limitée à la France Métropolitaine.
Réservée aux nouveaux adhérents.

Achevé d'imprimer en juillet 1986
sur les presses de l'Imprimerie Bussière
à Saint-Amand-Montrond (Cher)

— N° d'imprimeur : 1205 —
— N° d'éditeur : 1196. —
Dépôt légal : août 1986
Imprimé en France